ペーパームーン
Paper Moon

剛しいら
SHIIRA GOH presents

KAIOHSHA ガッシュ文庫

イラスト★金ひかる

CONTENTS

★本作品の内容はすべてフィクションです。
実在の人物・地名・団体・事件などとは一切関係ありません。

月はあまねく世界を照らす。

愛に悩む者にも、愛に苦しむ者にも、愛される者にも愛する者にも、同じように優しい光で照らしてくれるのだ。

空にある月を見上げながら、浩之《ひろゆき》は月明かりの浜辺をゆっくりと歩く。

雲があるせいで、月はハートの形になってしまった。ところが海面にそのままの姿が映ることはなく、おかしなことにまん丸に映っている。

「偽物のほうが本物みたいだ」

思わず呟くと、聞こえた訳でもないだろうに、海面の月の形が大きく歪《ゆが》む。僅《わず》かだが波が立って、鏡面《きょうめん》のような海とはいかなくなった。

決して暖かくはない冬の夜なのに、日本犬の雑種のゴロは、水際を選ぶようにして走っている。浩之との距離が離れると、自然と戻ってきて寄り添うが、またしばらくすると勝手に走っていった。

けれど浩之がじっと一カ所に立ち止まると、側までやってきて決して傍《かたわ》らを離れない。

ただ賢いという犬ではない。ゴロは命の危機とか病に対して、特別敏感なのだ。

誰が捨てたのか、林の中に繋がれたまま放置され、死の直前までいったせいなのだろうか、どこか変わった犬だ。浩之の具合が悪くなると、気遣うつもりなのかずっと側にいてくれる。

「ゴロに助けられて、もう一年半近くになるね」

立ち止まったのは、別に具合が悪かったせいではない。ここが思い出の場所だったからだ。ゴロにそんな記憶はないのか、心配そうに浩之の手を舐《な》めてくる。

細い光の帯が、浩之の視界を過ぎった。あれは灯台の灯りだ。いつもはもっとはっきり見えるのに、今夜は満月の光に負けて、心持ち頼りない。

あの夜もこんな月夜だった。浩之はこの砂浜に倒れていたのを、ゴロとその飼い主である相沢一樹《あいざわかずき》によって助けられたのだ。

一樹はこの町にある大学病院の内科医だ。偶然とはいえ助けられたのが医者だったので、その後の処置も早く生き延びられたのかもしれない。

拡張型心筋症《かくちょうがたしんきんしょう》、それが浩之の抱える病《やまい》だった。心臓がゴム風船のように膨《ふく》らんで、戻らなくなってしまう病気だ。以前は心臓移植しか、助かる見込みはないと言われていた。

弱った心臓を抱えて、必死に走って海にたどり着いたところまでは覚えている。

そこから先の記憶は、これまでの人生では思いもよらないものになっていた。

浩之はこの海で、以前の記憶を失ったのだ。

失った記憶は取り戻したが、それと同時にその後の記憶が消えていくことはなかった。

必死になって浩之を助けてくれた一樹との数日間を、忘れることがなかったのは嬉しい。記憶を失っていた日々は、今でも浩之の宝物だ。

何者なのかまるで分からない浩之なのに、一樹は親身になって世話してくれた。そんなふうに他人と接したのは初めてのことだったから、余計に忘れたくなかったのだ。

浩之という名前も、一樹から貰《もら》った。本当の名前は秀明《ひであき》だが、今は公的な書類などにサインする以外、ほとんどその名を使うことはない。記憶がない間につけられた、仮の名前の浩之で呼ばれることのほうが多かった。

「そろそろ帰るよ……」

リードを首輪に繋《つな》ぐ。そしてゴロと一緒に、浩之は海の近くにある家を目指す。

そこは一樹が所有するもので、古いが住み心地のいい家だ。チェアが二つ置けるウッドデッキがあり、夏になると庭にひまわりが咲き誇る。門もなければ、明確な駐車場もないから、野原の中にポツンと建っているように見えた。

目印になるのは、真っ直ぐに伸びた一本のシイの木だ。今夜は満月なので、黒っぽい影となってその姿が遠くからでも見える。

砂浜が途切れた先に歩道があった。そこを真っ直ぐ進んでいくと、松林の中にある広場に出る。夏になるとこの辺りは、サーフィンを楽しむ人達が訪れるのだ。彼らはここでよくキャンプなどしていた。

この時間、広場はただ白っぽく輝いているだけだ。訪れる者は誰もなく、風もなくなったので松の枝がこすれる音すらしない。

浩之は自分とゴロの影が、ふわふわ揺《ゆ》れている様子を見ながら歩く。

松林が切れた後には、ポツン、ポツンと家が点在している。何十年か前に、菜園付き別荘として販売されたらしく、家々の周りに畑らしきものもあるが、ほとんどは荒れ地になっていた。

こうして夜に歩くと、電気が点《つ》いている家は少ない。そんな中、一樹の家は玄関の電灯が煌々《こうこう》と点いていて、さらに近づくと防犯用ライトが浩之を照らしてきた。

「おいで……」

裏口に回り、バスルームにゴロを入れる。一樹もサーフィンをするから、海から帰ってすぐにバスルームに直行出来るようになっているのだ。

「相変わらず、砂が凄《すご》いな。ほらっ、洗ってあげるから。足だけだよ。全部洗わないから安心しろって」

寒さには用心しなければいけない。浩之はそこでバスルームの暖房のスイッチを入れる。

十五歳の時から、壊れた心臓を抱えて生きてきた。それが二十六になった去年、ついに心臓の手術を受けたのだ。

心臓移植を待っていたら、いつになるか分からない。それより思い切って、膨らんだ心臓を縫《ぬ》い縮める手術を受けることにした。

しかも通常のバチスタ手術と違って、伸びきった部分を切り取るのではなく、内側に縫い込むという最新式の手法で行った。

手術例が少なく、まだ始まったばかりだから存命率は未知数だ。

何年、生きられるか分からない。

それでも浩之は手術に賭《か》けた。

思ったより早く手術が受けられたのは、浩之が資産家で、手術に反対するような身内もいなかったからだ。

母は強盗に襲《おそ》われて亡くなった。浩之を逃がすために、最期《さいご》まで抵抗をし続けたのが、結果的に死を招いてしまったのだろう。

母が亡くなってから、浩之は初めて自分の受け継いだ資産の額を知った。遺産《いさん》はかなりあって、高額な手術と入院費用を十分に賄えたのだ。

手術をして驚異的な回復をすることもあれば、何年か後に再発する例もあるという。

どちらになるのかは、今は誰にも分からない。だから静かに、無理をしないで生きていくしかない。

「ほら、綺麗《きれい》になったよ……」

ゴロは浩之の体の弱さを知っているのか、従順にされるままになっている。一樹がやるとこうはいかない。いつもわざと逃げ出してみたり、体をぶるぶる振って水をまき散らしたりするのだ。

「何だよ、こんな時間に散歩なんて、行かなくてもいいだろうに」

いきなり声がしたので顔を上げると、一樹が心配そうに見下ろしている。どうやら同じような時間に帰宅したらしい。

「昼間、不動産会社に出掛けたんだろ？　疲れてるのに、散歩なんて俺がやるから」

「ん……大丈夫だよ」

「寒いし、まだインフルエンザも流行《はや》ってるぞ」

「うん、すぐにご飯の用意するから」

「ああ、いいよ。俺がやるから」

一樹はそこで着ていたものをすべて脱ぎ、ルームウェアに着替えていた。インフルエンザの流行っているこの季節、病院勤務の一樹は特に神経質になる。ウィルスを家に持ち込みたくないせいだ。

「飯の用意する間に、風呂、入っちゃえば。ついでに砂、流して掃除《そうじ》してよ」

「分かった、それじゃ先に入るね」

一樹が帰ると、途端に家の中は賑《にぎ》やかになる。大柄な体があちこち移動するだけで、家中の空気が大きくかき回されるようだ。

「……あれ、ポテトサラダ？　作ってあるぞ？」

冷蔵庫を覗《のぞ》いたのだろう、一樹が大きな声で叫《さけ》んでいる。

「うん、一樹のはマヨネーズ混ぜてあるほうだから」

「おっし、分かった。それじゃ、肉でも焼くか」

この家に来るまで、浩之は料理をしたことはなかった。それだけではない。掃除や洗濯《せんたく》などの家事は、一切やったことがなかったのだ。

ある程度のことは、今は出来るようになった。それもすべて一樹が教えてくれたのだ。

ゴロは自分の体が綺麗になったと分かると、そのまま玄関にある寝場所に向かう。室内に入れていても玄関までで、リビングやキッチンには入れないのがルールだった。

浩之はバスタブに湯を張りながら、裸になってシャワーでバスルームの床を掃除する。

その痩《や》せた体の胸には、まだはっきりと手術跡が残っていた。

生きたいから手術した。

そんな気持ちになったのも、一樹と出会ったからだ。もし一樹という存在がなかったら、母を亡くした後、浩之は生きる気力を完全に失い、ひたすら死を願っただろう。

今でも時折、死の誘惑は聞こえる。

果たして自分が生きていることに意味はあるのだろうかと、考え始めたら駄目だ。自分の存在が一樹の負担になっているのじゃないかと思い始めると、思いはどんどん絶望の縁に近づいていってしまう。

そうならないように、つとめて家事や勉強で忙しくして、暗い考えを遠ざけようとしていた。

いつ死んでもいいように、後悔することなく生きたい。

この一瞬、一瞬が、浩之にとっては大切な時間だった。

入浴も温めの湯でさっと済ませる。それでも毎日入るようになったのは、浩之にとって大きな進歩なのだ。

母と暮らしていた頃は、入浴回数も少なめだった。浩之に対して異様なほど過保護だった母は、浩之が負担と感じることをすべて排除していたからだ。

けれど保護されればされるほど、生きる意欲は失われていく。

一樹も時折過保護にはなるが、浩之に何でもやらせようとしてくれる。しなければいけないことが増えれば増えるだけ、意欲も同じように増えていくものだ。

風呂から上がると、キッチンからいい匂いが流れてきていた。

ほとんどの料理は、それぞれ味付けが違う。浩之には塩分制限があるからだ。発病した十五歳の頃から減塩食なので、味が薄いということに違和感はない。むしろたまに外食すると、味の濃い料理に違和感を覚えてしまう。

ダイニングテーブルには、浩之が作ったポテトサラダと、一樹が焼いたポークソテーが並べられている。さらに豆腐《とうふ》と味噌汁《みそしる》が加わって、いつもより少し遅めの夕食が始まった。

「で、どうなった？　麻布《あざぶ》の家、やっぱり売るのか？」

食卓の話題は、まず今日出掛けた理由からとなった。

「んっ……うん……そのつもり」

浩之はこの町に一軒《いっけん》、そして麻布にも一軒家を持っている。この町の家は別荘として購入したものだが、母が拉致《らち》され、後に殺害された事件があった場所だけに、今売ることは難しかった。

それよりもほとんど帰ることもない、麻布の本宅のほうを処分しようと思っている。幸い一等地なので、大手不動産業者が買い取ってくれそうだった。

「本籍もこっちに移そうかなと思ってるんだ」

しなければいけないことの一つに、煩《わずら》わしい事務的な手続きというものがある。これまですべて母任せだったからいけない。もう二十七歳にもなったのに、浩之はまるで高校生のように、役所に行っても戸惑うばかりだ。

心臓の手術の時も、体調がかなり悪かったのもあるが、ほとんど一樹に頼ってしまった。担当医の循環器系外科医《じゅんかんきけい》、高野《たかの》と一樹の協力があったからこそ、難しい手術を思ったより早く受けられたし、その後の入院から退院まで、すべて滞りなく進んだのだ。

母は残酷とも思えるほどの狂的さで浩之を愛したが、亡くなった後も静かに見守り続けてくれているのだと思う。

新たに出会えた人々の優しさに触れる度に、自分が恵まれていることを強く感じ、彼らに引き合わせてくれた運命に感謝したが、そんな運命を運んできてくれたのは、やはり母だったような気がした。

「手続きしに行くの大変そうだ。付き合うよ」

「あ、いいよ。平日だし、わざわざ一樹に休み取らせる訳にはいかないから」

「そうか……そうだよな。もう子供じゃないのに、つい子供扱いしちまう。悪かった」

浩之は外見が実際の年齢よりずっと幼く見えてしまう。そのせいなのか、大人達の保護欲をかき立てるようだ。

穴蔵に隠れている小動物みたいで、浩之自身はそんな頼りない自分が嫌だった。

「だけど今はインフルエンザが流行ってる。あまり出歩かないほうがいいんじゃないか？」

「大丈夫だよ。一度にすべてやってしまえばいいだけさ。また再発して手術するかもしれないし、突然心臓が止まるかもしれない。そうなったら家の形で財産遺しておいたら、いろいろと迷惑かけそうだから、早めにやっておこうと思うんだ」

「別に……そんなものどうにでもなるさ。急いでやるようなことじゃない」

一樹は不機嫌そうに、いつもより早く箸《はし》を動かす。

滅多に喧嘩《けんか》をしない二人だが、時折険悪な雰囲気になるのは、いつでもこういった問題に関してだ。

綺麗に死にたい。

浩之はいつもそう思っている。

以前の手術の時は切羽詰《せっぱつ》まった状態だったから、事前に何も出来なかった。けれど今は余裕がある。このいい状態の時に、後の心配がないようにすべて整えてしまいたい。

「準備をしておけば、心おきなく生きられるから、やっておきたいんだ」

「いいよ、それで浩之が安心出来るなら、俺には何も言う権利なんてないし」

「心配かけてごめん」

「いいんだ、心配するのも楽しみなんだから……」

暗い考えを持ってはいけない。いつも明るく振る舞うよう、自分を鼓舞《こぶ》しているけれど、こんな時はやはり悲しい顔になってしまった。

もし浩之と出会わなかったら、一樹はもっと幸せになれたかもしれない。結婚して、子供を育て、いい父親になれたのだ。

浩之にとって一樹は、絶対に失いたくない存在だ。他の誰かと付き合うなんて選択肢は、全く考えられなかった。

だが一樹だったら、無限大に可能性はあるだろう。

「顔が暗い」

いきなり一樹はそう言うと、箸を手にしたままぼうっとしている浩之の頬を抓《つね》った。

「マイナス思考は除去。そんな顔した罰だ。家の売却の時は、俺も立ち会うから。それと引っ越し業者の依頼とか、不要品の処分とか、必要事項を明日までに整理して、書き出しておくこと」

「んっ……うん」

「金があるからって、いい加減な業者は使うな。出来るだけ安くあげるように工夫するのも大切なことだ」

「分かった」

ほら、笑おう。過去は捨てて、完全にこの町の住民になるのだ。そしてこの家で、ずっと一樹と暮らしていけるのだから、笑わないといけない。

そう思うのに、笑顔は何だか中途半端なままだ。

「疲れると、マイナス思考に傾くからな。あんまり無理するなよ」

わしゃわしゃと髪をかき回されて、浩之は頷く。

もう少しで泣きそうになってしまって、慌てて食事を再開した。

かたかたと窓が鳴っている。風が出てきて、雲を一掃してくれたようだ。空は晴れ渡り、ますます月は冴え冴えと輝き出した。

真冬でも寝室のカーテンは閉じなくなった。そうするとベッドに横たわったまま、広々とした空が眺められるからだ。

満月はもう中天を過ぎ、少しずつ西の地平に向かって下降を開始している。

月にはいろいろな表情があるけれど、浩之には今夜の月は笑っている女の顔に見えた。

死んだ人間の魂を集めてまん丸に膨らんだ月は、今度は逆に新しい命に魂を与えて痩せ細っていく。そんな話を一樹としたことを、ふと思い出した。

生きて、死んで、生きては死んでの繰り返しだ。

地上に命は満ちあふれているが、時が過ぎればいつか自然に消えていく。

永遠の命なんてものは、どこにもないことだけは確かだ。この世に生まれたものは、生きて、死んでと繰り返すばかりなのだ。

「寒くないか?」

風呂に入ってきたのだろう、一樹の体は熱く、石鹸《せっけん》の香りがする。先にベッドに入っていた浩之は、体を少しずらして温まったほうに一樹を導いた。

「寒くはないよ。綺麗な満月だね」

「ああ、よく晴れてる。空気が乾燥するからな、風邪の患者が多くなって困る」

ベッドに入ってきた一樹は、さりげない浩之の思いやりに気がついているが、あえて口にはしない。代わりに浩之を抱きしめて、自分の体で再び浩之を温めるのだ。

「疲れてるか？」

「今日は駅まで行って、そこのカフェで話をしてきただけだよ。そんなに疲れてないって。一樹のほうがずっと疲れてるだろ」

「この時期になると、総合内科はいつでも風邪当番みたいなもんさ。ありふれた病気だ。だけど油断すると命取りになる。気は抜けないな」

ため息を吐きながらも一樹の唇は、浩之の項に押しつけられていた。

「疲れてないなら、いいかな？」

「……ん……うん。してあげようか？」

「いいよ……浩之は？」

「今夜は……無理……」

求められても、完璧なセックスと呼べるようなものはなかなか出来ない。浩之の体が興奮することは滅多にないからだ。

手術後は、浩之に性欲と呼べるようなものは全くなかった。半年が過ぎ、季節が夏になった頃、やっと以前のような情欲を感じるようになったのだ。

健康で旺盛《おうせい》な性欲を持つ一樹に対して、浩之はすまない気持ちでいっぱいだ。やはり体の相性というのは大事だと思うから、期待に応えられないことが辛かった。

「足、閉じて……」

「んっ……」

閉じた太股の間にワセリンを塗って、そこに一樹は興奮したものを押し込んでくる。

どんな形でもセックスはセックスだ。気持ちよく射精が出来るなら、それで十分なんだと思いたい。

一樹のものを手でこすったり、時には口で愛撫もするけれど、やはり一方的なセックスになってしまう。浩之がしたくなるのはたまにだし、あまり興奮が長引いてもいけないと思って、すぐに射精して終わりになってしまうからだ。

本当はもっと濃厚なセックスを、一樹は楽しみたいのではないだろうか。パートナーとなった浩之が、そういった楽しみを一樹に与えるべきだろう。

なのに浩之は何も出来ない。

こんな時には、ただじっとしているしかないのだ。

「んっ……んん……浩之、したくないか?」

スプーンを重ねるようにして、背後からぴたっと寄り添っている一樹が、手を伸ばしてきて浩之のものをまさぐる。

けれど浩之のものは萎えたままだった。

「僕はいいよ……何もしないでいい……一樹、してあげようか？」

「いや、そっか、いいのか、それならいい……」

ぬちゃぬちゃと音をさせて、一樹のものが浩之の足の間を激しく往復している。

少しは肉付きもよくなったとはいえ、やはりまだ浩之の体は痩せている。太股といっても、一樹のものを十分に包み込めるような柔らかさがあるだろうか。

体を重ねれば重ねるほど、不安は大きくなっていた。

愛されれば愛されるほど、心は苦しくなってくる。

浩之の下半身をまさぐっていた一樹の手は、今は優しく胸に置かれている。無意識なのか意識してなのか、その手は傷跡の上にあった。

「んっ……んんっ……浩之、いつも俺ばっかりでごめんな。辛くないか？」

「辛くないよ……ちゃんと相手出来なくて、僕のほうこそごめんね」

「謝らなくてもいいよ、俺は十分楽しんでる」

一樹の息は荒くなり、動きも速くなっていく。

こんなふうに、感情の赴《おもむ》くまま一気に駆け上ってみたい。だが浩之は、まだそこまでの勇気が持てない。過度の興奮が、縫い縮めた心臓にとってどれだけ負担になるのか、分からないからだ。

怯《おび》えが浩之の体を萎縮させていく。一樹はそんな浩之の気持ちが分かっているから、決して無理強いするようなことはない。

だが内心、こんな穏やかすぎるセックスに対して、不満を感じているのではないだろうか。

「あっ……ああ……」

吐息を漏らすと、一樹の動きは静かになった。

「いい感じだった。ありがとう……愛してるよ」

ウェットティッシュで浩之の体を拭い、きちんとパジャマを直してくれた一樹は、目を閉じて心地よい眠りの世界に入っていく。

一日働き疲れていても、最後には安息のためのセックスが必要なのだ。ほどよく疲れ、満たされた一樹は、何の不安もないかのようにすぐに眠ってしまった。

浩之は一樹に身を寄せながら、窓の端にまで下りてきた月を見つめる。

眠るのはいつでも恐怖だ。そのまま目が覚めないのではないかと思う。手術をする前は、よく胸が苦しくて夜中に何度も目が覚めた。

幸い、手術後にそれはなくなった。薬も服用するようになって、日常生活に大きな支障はない。

執刀《しっとう》してくれた医師の山際《やまぎわ》が、退院する時に言ってくれた言葉を思い出す。

『君は、今はまだ数少ない、左室縮小術の施術患者だ。生きてください。少しでも長く生きて、今後に続く患者達の希望となって欲しい』

一年近く生きられた。

夏の頃には、とても調子がよくて、このまま永遠に生きられるのじゃないかと思えた。

今も体調は悪くない。検査結果の数値がそれを如実に示している。

なのにまた怯えている。

冬のせいだ。手術から一年過ぎたけれど、今でもこんな夜には手術前の苦しさが思い出されて、浩之の心を暗くしている。

相沢一樹は、その朝、風の音で目覚めた。

隣に寝ていた筈の浩之はもう起きだしていて、キッチンで朝食の用意をしている。バターで何かを炒めている、いい匂いがしていた。

「今夜は……宿直か……」

研修医時代から、よく宿直はやっている。嫌だと思ったことは一度もない。つくづく自分でも、仕事バカだなとは思う。

陽林《ようりん》大学医学部を卒業してから、『陽林大学付属病院』の研修医となり、そのまま内科医として勤務した。研修医期間から含めると、もう四年近く働いていることになる。

新しい病院なので、権威主義的ではないのがいい。神様になりたい教授や、学会ばかりに目が向いている医師も少なかった。

一樹の意識としては、まだ研修医だ。医師と呼べるほどのものではない。ともかく現場で一人でも多く診察し、キャリアを積みたいと思っている。

父も同じく医師だったが、ここのような田舎ではなく、同じ県内の県庁所在地である大きな市で、個人病院を経営している。

両親としては、一樹に一日も早く帰ってきて欲しいだろう。けれど一樹の考えでは、いくら大きな市でも、個人病院に訪れる患者数は限られている。それよりもここで、まずは臨床経験を積みたかった。

「今夜、宿直だ」

ふらふらと冷蔵庫の前に立ち、扉を開いてオレンジジュースを探す。冷蔵庫の中は綺麗に整えられていて、研修医時代のように、腐った牛乳と干からびた漬け物の残骸だけなどということはなかった。

浩之は家のことを実によくやってくれている。それだけでも感謝しているが、さらにゴロの相手をしてくれるのも有り難かった。

家のことを心配しなくていいだけに、仕事に打ち込める。宿直の夜は、ゴロが可哀相だとずっと罪悪感に苦しめられてきたが、それもなくなった。

「風が強いな。散歩、埃が凄いだろうから、マスク忘れるな」

「うん、分かった」

今朝のメニューはほうれん草のソテーと目玉焼きだ。浩之はゆで卵で、いつも何も付けずに食べている。

「ミルク温める?」

「コーヒー半分にして」

ダイニングの椅子に座り、テレビを点けてニュースを観る。そうしているうちに、目の前に焼きたての分厚いトーストが置かれた。

「トースト冷めるから、先に食べて」

「ああ、いただきます」

何だろう、当たり前過ぎる会話が、今朝はいつになく胸に染みた。

去年の今頃は、浩之を失う恐怖に怯えていた。

手術をしたら安心というものではない。その手術が実に難易度の高いものだということを、一樹は医師だけによく分かっていた。

浩之の母親が、もっと早くに医者に連れて行ってくれていたら、あるいは薬で症状を抑えられたかもしれない。そうも思うが、それだと浩之との劇的な出会いはなかった。

何もかも運命というやつによって、人は流され、繰られているのだろうか。

コーヒーのいい香りがしてきた。浩之はキッチンで牛乳を沸かしながら、コーヒーを煎《い》れていた。

一樹はほうれん草のソテーを口にする。ほどよい塩コショーだ。ほうれん草はシャキッとした感じが残っていて、絶妙だった。

「旨いな、ほうれん草」

「安田さんのおばあちゃんがくれたんだ。しっかりしてるよね、茎とか」

「ほうれん草も旨いけど、炒め方とかさ、プロっぽい。料理、上手くなったな。最初ここに来た頃は、米も炊けなかったのに」

「あ、ああ……ありがとう。おいしいって言ってくれると、もの凄く励みになるね」

牛乳をたっぷり入れたコーヒーが、大きなマグカップに入って運ばれてくる。

トーストを囓《かじ》りながら、一樹は浩之が席に着く様子をじっと見守った。

浩之との生活に、何も不満はない。唯一あるとしたら、いつまで経っても浩之がセックスを楽しめないことだろう。

一樹を楽しませようと、浩之なりに努力してくれているのは分かっている。だが浩之自身は、ちっとも楽しんでいない。むしろ苦痛に感じているのではないかと思えてしまう。

けれどそういった話題は、決して口に出来ない。

浩之が必要以上に考えすぎて、悩んでしまうからだ。

健康になれば楽しめると信じて、待つしかないだろう。

もし楽しめなかったとしても、他のことで人生を楽しめているなら、それでよしとするべきだ。

多くを望みすぎてはいけない。望めば望むだけ、叶わなければ不幸に感じる。まずは叶えられることから、少しずつやっていくしかない。

「明日の朝、帰ったらさ。鍋焼きうどん作ってよ。この間の、もの凄く旨かった」

「いいよ。うどんないから、買い物に行こうかな」

「ああ、無理ならいいんだ。俺が買って来てもいいし」

「バスがあるよ。春になったら、免許取らないとな」

浩之は運転免許証を持っていない。そろそろ手にしてもいい頃だろう。

「高校生が多い二月から三月は、避けたほうがいいな。四月からなら気候もいいし、空いてるんじゃないか？」

「もう一年、動かしてないけど、おかあさんの車、動くかな？」

「整備に出してみよう。俺の知り合いがいるから、安くやってくれるよ」

「ありがとう、そうしてもらおう」

お金は持っているのに、浩之は実に質素だ。物にはあまり拘りがないようだった。だから一緒に暮らしていても、余計なものを買わずにすむ。拘りがあるとしたら浩之にとってはパソコンで、一樹にとっては車といったところだろうか。

「宿直明けたら休みだ。日曜に麻布に行ってもいいけど、どうする？」

「まだ大丈夫。もしどうしてもって時には、不動産会社の人が迎えに来てくれるって」

「厚遇だなぁ。やっぱり物件の値段が違うと、それだけ違うのかな」

一樹はこの家を、自分の乗っている車の新車一台分程度の値段で買った。その後、いろいろと手を入れて同じくらい金は掛かってしまったが、それでも都心の物件と比べたら格安だ。

浩之の麻布の家は、かなり土地も広いらしく、いくらになるのか想像も出来ない。それだけの資産がありながら、なぜ母親は浩之に手術を勧めなかったのか、今となっては謎だ。

心中したかったのかもしれないとも思うが、浩之には決して言えないことだった。

「今年も高認は無理だったな。もう二十七になっちゃった」

浩之は悲しそうに言う。実際の学歴は中学までだ。中学三年の時に、心臓が危うくなってから、世の中から隔離されて生きていたから、独学での学力はあるのに学歴がない。働かなくてもいいだけの資産があるから、無理に学歴を持つ必要もないのだろうが、そういうものではないらしい。

達成感というものを、浩之は味わいたいのだ。

だから一樹は、浩之が高等学校卒業程度認定試験に受かり、次に大学を受験することを薦めている。

「教職の資格取るのに、四十になっちゃうよ」

そう言いながら浩之は、悲しげに微笑む。

それまで生きていられるか、誰にも分からないのだ。

「いいじゃないか。そんなに急ぐことはないよ。学校で教えるのは無理でも、家庭教師だったら出来るからな」

「うん……そういえば、『陽林大学付属病院』で、勉強みてあげてた子から、メールが来てた。やっと退院して、学校に戻れたらしい。よければまた勉強教えてくださいって」

「いいね。小学生だっけ？」

「今年五年生。子供なのに……一年以上、病院にいたのは辛かっただろうな」

浩之にも少しずつだが知人が増えている。以前はネットの中だけでしか、他人と付き合わなかったことを思えば、大きな進歩だった。

「僕も勉強中だから、一緒に頑張ろうって返事を書いたけどね。それから、毎日メールしてる」

「……相手は男、女？　どっちだ？」

小学生と分かっていても、女の子と男の子では違う。早熟な女の子だったら、浩之に対して特別な感情を抱きかねない。

愚かな嫉妬かもしれないが、一樹は本気で心配していた。

「男の子だよ。もしかして心配してる?」

浩之はそこで笑い出した。

ここのところふさぎがちだった浩之が、久しぶりに見せる明るい笑顔に、一樹もほっとして和む。

一樹が仕事に出た後も、浩之には楽しむ世界がある。それが何より嬉しかった。

宿直の日は、病院の食堂で夕食を摂る。夜食もまた、病院内の売店で買っておかねばならなかった。

食べられる時に、きちんと食べておくということは、忙しい医療関係者にとっては普通のことだ。医者の不養生なんて言葉が昔からあるが、一樹も研修医時代は悲惨《ひさん》な食生活だった。

その反動か、休みになるとよく自分で料理をするようになった。今でも休日は料理する。浩之と二人で、狭いキッチンに立つのも楽しかった。

「鯖《さば》の味噌煮は、やっぱりおばちゃん達のが旨いよなぁ」

定食のトレイを受け取りながら、一樹は本心から調理場のスタッフを褒《ほ》めた。

「さっさと料理の上手い嫁さんでも貰えばいいのに」

顔なじみのスタッフに言われてしまった。さらに本日の煮物の鉢をトレイの上に追加して貰いながら、一樹は苦笑する。

パートナーと呼ぶのが相応しい関係の相手ならいる。しかもその相手は、嫁がするようなことはすべてやってくれた。

家事をしてくれるだけじゃない。

毎日、一樹の話し相手になってくれる。年は一樹のほうが一つ上だが、浩之はうんと年下に思えるときもあれば、逆に達観した年寄りのような面を見せることもあった。

守らなければいけないと思うが、逆に教えられることも多々ある。そんな関係は、パートナーとして理想的だろう。

以前は同じ病院に勤務する、小児科医の遠野純子《とおのじゅんこ》と少しの間付き合っていた。

彼女との関係のほうが、もっとさばさばしていて男同士の付き合いのようだったと思う。甘えるということはあまりなくて、ともに戦う同志のようだった。

お互いに忙しいから、どちらかが愚痴を言い出すと、自分も言いたくなって収拾が付かなくなる。求めるものを、互いに与え合う努力が足りなかった。

そのせいなのかいつの間にか二人の関係は、体だけのものになっていったような気がする。結婚という文字がちらついてもいたが、その頃に浩之が現れて、一樹の世界は変わってしまった。

必要とされることが、こんなにも心に響くとは思わなかった。

意識を取り戻したばかりの浩之は、必死に助けを求めるように、一樹の白衣を握りしめていた。その様子を見た瞬間、一樹の中で浩之は特別な存在になったのだ。

患者は誰でも医師に頼るものだが、どうして浩之だけが特別になってしまったのか、一樹にもよく分からない。

運命という言葉を使いたくはないが、それしか思いつかなかった。

「あれ、高野先生」

循環器系外科医であり、この病院で浩之を担当してくれた高野が、珍しく食堂にいる。高野は自分のデスクにいるのが好きなので、滅多に食堂で食事をすることはない。いつも弁当を買って、一人で食べることが多かった。

「珍しいですね」

つい高野の横に座ってしまったが、迷惑だったかなと気になった。

「おう、相沢、当番か」

「はい。今夜は宿直です」

ますます珍しいことに、あまりこういう料理など好きそうにない高野が、一樹と同じ鯖の味噌煮定食を食べていた。

「ますます珍しい。どうしたんです?」

「何が?」

「いや、食堂で定食食べてるから」

高野は一樹より四つ上だ。同じ大学の出身だが、この病院に来るまでは、都心にある別の病院に勤務していた。どうやらそこで師事した教授との関係が上手くいかず、気楽にやれるこの病院にやってきたらしい。

細い血管を楽々繋げる手技を持っているが、暇だとその手技を利用してプラモデルばかり作っている。それが高野なりの、リラックス法なのかもしれない。

「たまには俺も、ちゃんとした飯を食うさ。相沢と違って、帰ったら飯が用意されてるってことはないからな」

「あ、分かった。プラモデル、完成したんですね。ただいま最終の乾燥中、違います？」

「……悔しいけど当たりだ。乾くまで、デスクにいられない」

二人はそこで笑い出す。

「で、どうだ、浩之君の様子は」

「定期検診の結果はよくなってます……」

高野の紹介で難易度の高い手術が出来たが、隣県の病院なので、月に一度の検診は一日掛かりになる。その日は一樹も休みを取り、車で送迎することにしていた。

「山際先生のところ、外科の空きが出来ないかな」

ぽつんと高野は呟いた。心臓手術に関しては、神業と言われている憧れの医師の下で働きたいと、高野は望んでいるのだ。

だが山際教授は他大学出身で、優秀な教え子を何人も抱えているから、高野がどう望んでも、その下で働くというのは難しい。

「なーんで、あんなつまんないやつの下で、五年も辛抱したかな。失敗したよ」

ますます珍しい、高野が愚痴を言っている。師事した教授との確執を、今になっても忘れられないのだろう。

不思議と高野の愚痴なら、いつまでも聞いていてやりたい気持ちになった。だから一樹は、しばらくの間高野の愚痴の聞き役になっていた。

「相沢、仕事の欲はないのか？」

自分のことばかり喋っていたなと気付いたのだろう。高野は、それとなく一樹にも話を振ってくる。

「俺は、ひたすら臨床経験積みたいだけです」

「ああ、おまえ、実家が病院だったな。跡を継げばいいだけか。そりゃ臨床経験積みたいだろうよ」

最新医療に取り組む医師と、ただの町の病院の医師。同じ医師でも、大きな開きがある。専門分野にかかり切りになっていくのと、毎日、身近な病気を診る違いだ。

一樹は臨床経験をもう少し積んだら、心療内科について学びたいとは思っている。だがそうなる前に、実家に呼び戻されたらおしまいだ。

「跡取りなのにいいのか？　まさか浩之君を、嫁ですって紹介出来ないだろ？」

「……それは、今はあまり考えてません。父親、元気ですし」

「医者だからって、健康だって保証はないぞ」

「まぁ、そうですけど」

そんな先のことまで、一樹は考えていなかった。実家の病院を継ぐなんて、まだまだ先のことにしか思えなかったのだ。

「それで、上手くいってるのか？」

「……」

高野にだったら、何でも相談出来るような気がする。しかも高野は循環器系が専門だ。まだ若いけれど、この病院では心臓病の治療で一目置かれている。浩之が今どんな状態か、説明しなくても分かっている。

「あっちのほうがちょっと……」

一樹はぼろっと口にしてしまった。すると先に食べ終えた高野は、苦笑いしながら飲み物の自動販売機に向かった。

「お茶でいいか？」

「あ、すいません。ほうじ茶、お願いします」

高野が買っている間、一樹は黙々と箸を動かす。やはりこういった話題は高野も避けたいのだろう。失敗したなと思いつつ、売店が閉まる前に、夜食を買わないととぼんやり考えていた。

「まさか馬乗りやらせるとか、鞭を振り回すとかしてんじゃないだろ？」

どんっとほうじ茶が置かれた。一樹はそこで、会話の続きが始まったことを知った。

「セックスは五メッツ。遊びのテニスとか、ゴルフ、三階まで階段使用と同じくらいの運動量だ」

運動の強さを示すメッツという単位は、一樹もよく知っていた。

じっと横になって安静にしているのが一メッツというところだ。それから考えると、五というのはかなり負担に感じられる。

「今の彼なら問題ないだろ」

「精神的なものですかね。俺には、その……いろいろしてはくれるんだけど、自分で楽しもうとしないんですよ」

そこで高野は、思い切り嫌そうな顔をした。

「あ、すいません、何か、やっぱりこういう話は、しないほうがいいですね」

「そうじゃねぇよ。相沢、もう少し、ばりっと硬派なのかと思ったら、何だよ、どこの新婚と話してるんだ、俺は」

そのまま高野は笑い出す。一樹はほうじ茶のキャップを開け、飲もうとして慌てて小銭を取り出した。

「すいません、お金」

「いいよ、お茶ぐらい。いや、それより笑って悪かった」

「いいえ、本当に何か嫁を貰った気分です。だからって、別に女扱いしているわけじゃないです。ちゃんと浩之のことは、男として認めているんだけど、つまり結婚したら、嫁ってこういうことをしてくれるんだと思うようなこと、全部やってくれるんで」

一気に話したのは、さすがに一樹もこんなことを今更高野に言うのが恥ずかしかったからだ。

「そういえば高野先生、独身でしたね。そういう話はないんですか？」

「ないね」

はっきりと高野は答える。そして旨そうに缶コーヒーを飲んだ。

「結婚とかしたくはないんですか？」

「したくない」

「は……はっきりしてるなぁ。揺るがない感じ」

「そうだな。面倒くせぇ。あんまり性欲ねぇしな」

浩之は高野のような男が相手だったら良かったのかと、一樹は考え込む。一樹は健康すぎるのか、性欲は旺盛だ。

浩之という許された相手がいるようになってから、余計に強くなったのかもしれない。眠る前に抱き合うと、とても落ち着くのだ。眠りはいつも穏やかで、以前よりずっと健康になったような気がした。

「分かるだろ？　俺、リラックスしてる時、人が側にいられると嫌なんだ」

「あ、すいません」

思わず席を立とうとしたら、高野はまた笑う。

「今はリラックスしてねぇよ。気を遣うな。午後の最後の手術、ステント入れてきたんだ。様子見るから、しばらく帰れない」

「あ、ああ……」

細い血管を広げるために、極小の筒のようなもの、ステントを入れる。心筋梗塞《しんきんこうそく》の治療だが、とても神経を使うだろう。その後で高野は、プラモデルを完成させてリラックスしていたのだ。

「相沢は、セックスするとリラックスするタイプだな」

「……ですね。そう思います」

「相手との温度差に困ってるのか？　だけどそれで浩之君が満足してるならいいじゃないか。俺はコーヒーを飲む。相沢はほうじ茶だ。どっちも、それぞれにとって旨い。それでいい」

高野の言葉は明快だった。一樹はそこでふーんと唸ってしまう。

「誰もがほうじ茶じゃなくていい。そうだろ？　何のためにあんなに何種類も、ドリンクが並んでるんだよ。みんなの好みがいろいろだからさ」

「ああ、そうか。俺は自分が楽しんでるから、浩之も同じように楽しめばいいと思ってたけど、それは違うんですね」

「そうだよ。おまえ、無意識のうちに、楽しめオーラを出しまくってないか？　あの子は繊細だから、そういうの感じ取るぞ」

「そっか……やっちゃったかもしれないな」

最近、浩之が元気がないのは、すべて自分の責任だったのかと一樹は気付いた。

「テニスやゴルフって、疲れますよね。そうか……疲れるから嫌なんだろうな」

「相沢は運動不足解消に、セックスしてんのか？」

「いや、そうじゃないけど」

「やってるほうが、健康にはいいらしい。そりゃそうだな、たった数ミリリットルのものを出すために、全身の機能が総動員されるんだから」

高野の視線は、おまえ健康そのものだよと言っているようだった。事実、健康そのものだ。宿直を前にした今でも、疲労感は全くない。

「急いだら駄目だ。心臓病抱えてると、動悸が激しくなっただけで不安になる。興奮させるだけがセックスじゃない、優しいセックス、スローセックスを学べ」

「……相談してよかったです。何か、ここのところもやもやしてて、そうか、そういうことか」

「自分勝手に納得してんじゃないぞ。心臓を縫い縮めたんだ。生きてるだけで奇跡に近い。楽しませてあげたい気持ちは分かるが、他のことでも楽しませることは出来るだろ」

「はい、反省してます」

浩之は一樹の腕枕や膝枕が好きだ。そういったスキンシップだけでも、浩之は満足出来るのだ。そこをもっと重点的に考えてあげればよかった。

「俺、健康なもので、医者やっていながら、病人の気持ちが分かっていないのかもしれません。浩之に教えられてるんですね」

「そういうこと。あんまりストレスためさせると、快復にも影響するぞ。山際先生のためにも、浩之君には存命記録を打ち立ててもらわないとな」

急いではいけなかった。健康そうな浩之を見ていると、自分と同じところに立っているような気がしていた。

心療内科に興味があるなんて、とても今の状態では口に出来ない。医師である前に、人間としても失格だなと、一樹は落ち込んだ。

「相沢が悩んでる。滅多にないことだな」

高野に笑われ、一樹もつられて笑い出す。こんなことで悩んでいる自分は、幸せ者だと強く感じた。

幸せだから意欲的にもなれる。やはり浩之の存在は、一樹にとっては大きいのだ。

秘密を持つのはあまりいいことではない。けれどどうしても一樹に言えないことだってある。

買い物に行くと言ったが、浩之はバスに乗ってJRの駅まで行き、さらにそこから電車に乗って、県庁所在地の街までやってきた。

誰にも話せない。

けれど誰かに話したい。

そんな時はどうすればいいのだろう。悩んだ結果が、プロを頼ることだった。浩之はカウンセリングを受けようと思ったのだ。

駅前のビルの中に、カウンセリングルームはあった。浩之は今日一樹が宿直になることを知っていて、予約を入れていたのだ。

カウンセラーの若林《わかばやし》は四十代の男性で、いかにも人当たりのよさそうな笑顔を、浩之に向けてくる。

「若林です。緊張してますか？　リラックスしてくださいね」

「大丈夫です」

緊張はしていない。ただ人と話すのがあまり得意ではないので、不安になっているだけだ。

「心臓の手術をされたそうだけど……不安が消えないんですか?」

若林はまず、浩之が手術後の不安感に悩まされて訪れたと思ったようだ。

「いえ、十五歳で発症したので、病気に対する覚悟は出来てます。相談したいのはパートナーのことで」

「ああ、素晴らしいですね。パートナーがいるって、とてもいいことですよ」

にこにこと笑顔で言われ、浩之も思わず釣られて笑顔になってしまった。

鏡に向かって話すよりはいいだろう。そして若林が、浩之の人生に何の関わりもないのがよかった。

「パートナーは男性なんです」

「そうですか」

そこで若林はただ頷く。別にパートナーが男性でも、若林にとって驚くようなことではないのだろう。それがますます浩之を安心させた。

「僕がこんな体でリスクを抱えているのに、とても優しくしてくれて、素晴らしいパートナーなんです。手術したのも、彼の支えがあったからです」

いつも一樹のことを、そんな風に思っている。なのに誰にも、一樹のことを誇れない。

新しく出来た友達は小学生だから、そんな話題は口に出来ない。病院で知り合った人達は、みんなもう二人のことを知っているから、一樹のためにもわざわざ話すことは出来なかった。

ここで話せたことが嬉しかった。そして話しているうちに、一樹がどんなに自分にとって素晴らしいパートナーなのか、浩之は再確認していた。

「とても大切にされていて……幸せなのに……彼の期待に応えられないのが、心苦しくてたまらないんです……」

話し始めたばかりなのに、涙がつーっと頬を伝った。

僅かの時間離れているだけなのに、一樹を想って胸が熱くなっている。いつもより感情の起伏が激しくなっているのかもしれない。

「長く生きられないいんじゃないかってことですか？　それは手術を担当してくれたドクターとよく相談して、摂生するしかないでしょうね」

「長く生きたいとかの欲は、もうありません。それよりいつ死んでも後悔しないように、頑張っています。だけど……短い時間しかないのなら、もっと、彼を楽しませてあげたいのに、何をどうしたらいいのか分からなくて困っています」

「……つまりセックスってこと？」

若林はさらりと言った。むしろさらっと口にしたほうが、変に気恥ずかしくないという思いやりなのかもしれない。

「体が辛いから、パートナーに十分応えられないってことですか?」

「はい……」

「でもそれはしょうがないことでしょう。アナルセックスは、細菌感染の危険があるからね。綺麗にしておいて、パートナーには必ずコンドームを使用するように頼めば、不可能ではないだろうけれど、やりかたによっては興奮度が高いから」

「……」

浩之はそこで返事に窮した。

一樹はそういったリスクを知っているから、いつもそこまでは求めないのだ。それが今更のように分かったことが恥ずかしかった。

「ああ、そういうことはしてないのかな? セックスをしてないわけじゃないんでしょ」

「穏やかなことをしています」

「ああ、そうですか。それじゃあ、自分が興奮してしまうのが怖いとか?」

それは当たっていた。内心はとても怖がっているが、それを一樹に知られたくはない。

「怖いです。手術したら、勇気が持てるかと思ったけれど……いつまでも中途半端なままなんです。彼はとても健康だから、こんな僕にきっと不満でしょう」

「二人で話し合いましたか?」

「いえ……」

話し合うことすら怖い。それよりも自分の意識改革をして、一樹の期待に応えられればいいだけだ。

「セックス以外で、不満が出たことはありますか?」

「ありません。とても……上手くいってます」

そこで若林は頷き、デスクにあるファイルの中から、数枚の紙を取りだして浩之に示した。

「これは夫婦間でのセックスレスのデータです。分かりますか? 実際に結婚している人達でもね、そんなにセックスは重要ではなくなってるんですよ」

「……」

「パートナーが健康で、性欲があるから、期待に応えられないと浮気されるんじゃないかと心配してるんですか?」

「……それは、心配してません」

だが一樹には、自分よりもっと相応しい相手がいるのではないかという怯えは、いつでも浩之の中から消えることはなかった。

「ゲイの男性は、浮気性の人が多いですからね」

「そうなんですか？」

「彼が初めて？」

「はい……彼も、男性と付き合うのは、僕が初めてだと思います」

若林の眉がぴくっと上がる。どうやら難問に突き当たったなと思ったらしい。

一樹が女性とも付き合える男だということが、若林の眉を上げさせたのだろう。

たとえ何年か後には、この紙に書かれた夫婦のようにセックスレスになるとしても、一樹は普通に結婚の出来る男なのだ。

「元々がゲイじゃないとしたら、心臓病のあなたに同情したのかな？」

「同情されているのとは違うと思います。彼は……ドクターなので」

またもや正直に、余計なことを告白してしまった。だが一樹がどれだけ素晴らしいパートナーなのかを分かってもらえれば、浩之の今の怯えもさらに理解されると思ったのだ。

「ああ、そうなんですか……あなたの担当医ですか？」

「はい、以前はそうでしたが、今は違います。発作を起こした時に、運び込まれた病院で知り合いました」

「ドクターなんだ……だったら、あなたの体のことは誰よりもよく分かってくれているでしょう」

「はい、分かっていてくれて、優しくされて……でも応えられない自分が、嫌なんです」

秋の海の冷たさが思い出される。足下に打ち寄せる波は冷たかった。こんな所で倒れたら大変だと思いながら、なぜ浩之は波打ち際を歩いていたのだろう。

死にたかったからではないのか。

期待したとおりに倒れ、冷たい海水で体を洗われた。

もう何年も海になど入ったことがなかったが、こんなに残酷で、冷たいものだっただろうか。記憶にあるのは、生温い海水と心地よい潮風だけだ。陽が陰るまで、一日中遊んでいられた、少年時代に愛した海とは違う。

浩之はまだ父が生きていた頃、家族で訪れた海の情景を思い出しながら、徐々に寒さと胸苦しさで意識を失っていったのだ。

あの日もそんな浩之の姿を、月だけが見ていた。

「彼とセックスするのを、罪深いことだと感じていませんか?」

「えっ……」

「ノーマルな男性とそういう関係になって、彼の結婚を阻害したことに罪悪感があるんでしょう。だから健康とかそういう前に、楽しめないのでは?」

「……」

浩之の脳裏に、月の表面に描かれた笑った女の顔が浮かんだ。

生きて……死んで……生きて……死んでと繰り返し呟いている。

あれは母だろうか。隙があれば浩之を、死の淵に誘おうとするのは、母に違いない。

あんたは本物の女じゃない。どんなに女のように彼に尽くしても、命を生み出すことなんて出来ない。あんたは偽物の月よ。

月は吐息に混ぜて、新たに生まれる命のために魂の元を吐き出す。けれど浩之の頭上にある月は、舞台の飾り物ペーパームーン、偽物の月だ。

偽物の月には、はっきりと母の顔が描かれていて、太陽ではなく、冷たいライトに照らされて本物らしく輝いていた。

「間宮《まみや》さん？　大丈夫ですか？」

「あ、はい……大丈夫です」

浩之を照らすライトの光が、余計な幻想を見せる。そんなものは見たくないと思っても、未だに母は様々な形で、浩之の心に忍び込んでくるのだ。

「辛くなってきましたか？　今日はこのへんにしておきましょうか？」

「えっ、あっ、すいません……これまでそういうふうに、考えたことなかったから、少し混乱しています」

「罪悪感を持つ必要はないですよ。彼は、あなたをとても大切にしてくれているようですね。だったら、悩む前にすることは一つです。あなたも彼を愛するだけですよ」

一樹を愛している。それはどんな言葉にも出来ないほど深いもので、さりげなく口にすることも出来ない。

愛しているという言葉しか、表現する方法がないのがもどかしい。

言葉など使わずとも、思いだけが正確に伝わるという奇跡はないのだろうか。

「ここで話して落ち着けるようなら、よければしばらく通ってください。必要ない、無駄だと感じたら、これで終わりにしましょう」

「いえ、僕には家族がいないので、話を聞いていただけるだけで落ち着けました」

「ならば叔父さんのところにでも、遊びに来るような感じでまたいらっしゃい。素晴らしい人に愛されて、自分などがパートナーとして相応しいのだろうかと、悩む気持ちは分かりますが、暗い顔をしていてはいけませんよ」

「はい……そうですね。贅沢な悩みだと分かっているのですが……」

浩之はここで急に恥ずかしくなってきた。

こんな問題でここを訪れる人などいないだろう。みんなもっと深刻な悩みを持っていて、苦しんでここに来るのだ。

つまらない悩みで、若林の貴重な時間を浪費している。カウンセリング料を払ったから、それでいいとは浩之には思えない。

「先生の貴重な時間をいただき申し訳ありません」

「間宮さん、生真面目ですね。すこうし、余裕を持ったほうがいいですよ。素敵なパートナーに、あなたが選ばれたんです。自信を持ってください」

「あっ……はい」

生真面目なのは一樹のほうだ。きっと浩之が縋り付いたから、簡単に見捨てることが出来なくなったんだろうと、いじけた考えに取り憑かれてしまうこともある。

だがもう少し、自信を持ってもいいのかもしれない。

そして暗い顔は一樹には二度と見せないと、心に誓った。

冬はサーフィンが出来ないからいけないと、一樹は病院の屋上で空を見上げながら思った。健康な二十八歳の男だ。仕事で過度のストレスもなく、家に帰ればいつも癒されている。これではますます健康になってしまうから、性欲が昂進してしまうのだ。

何か冬場にも出来るスポーツを考える。ただ走るのは、正直いって退屈だった。テニスとかゴルフのように、そのためにわざわざ施設に出向くようなものは苦手だ。

「そうか……空いた土地でも借りて、畑でも耕すか。いや、ちょっとそれはまだ早い。ジジィになってからでもいいだろう」

冬場のスポーツとなったら、スキーかスノボだが、生憎とスキー場は近くにない。比較的温暖な土地だから、積雪は望めないのだ。

「大学のサッカー同好会にでも、混ぜてもらうかな」

病院から道路を挟んで向かい側に大学がある。そこでたまにサッカーボールを蹴り合っている姿が見られた。

「サッカーか……いいな」

健康すぎるゆえの悩みなんて、浩之には言えない。自分で努力するしかなさそうだ。

その時、白衣のポケットに入れていたポケットベルが振動し始めた。どうやら救急外来に患者がきたらしい。

「あ……宿直、増やすかな。今年から規定が厳しくなったから無理か」

ぶつぶつ言いながら階段を一気に駆け下り、救急外来の受付に向かった。

「あ、いた。相沢先生、どこにいらしてたんですか？」

看護師が怒った声で言ってくるということは、かなり危ない状態の患者が運び込まれてくるのだろう。

「どんな症状？」

「大量に薬を飲んだそうです」

「子供か？」

「いい大人です」

年配の看護師の言い方は辛辣《しんらつ》だ。けれど一樹は、彼女が患者の前では優しい顔を維持出来ることも知っている。

「何を飲んだんだろう」

「市販の錠剤の風邪薬を、十本分だそうです」

「そりゃ途中で吐くだろ？　ともかく胃洗浄の準備しておこう」

どんな病状にも対処出来る医師になりたいと思っているが、こういった患者の場合、病んでいるのは肉体ではないから対処に悩む。

心が病んでいるのだ。

心の病巣は、肉眼では見えないし、処置の方法も分からない。

いつもより気が重い。生きたいと望む患者のためなら、どんな努力も厭《いと》わないが、死を望む人間を助けて、生きることの大切さを伝えるのは、まだ若い一樹にとって重荷だった。

救急車のサイレンが近づいてくる。聞き慣れた音だが、冬場はやはり救急外来に患者がやってくる回数は少ないから、いつもより緊張感が増す。

夏に海水浴場がオープンすると、熱中症、急性アルコール中毒、海で溺《おぼ》れたと、連日、救急外来も患者で賑わった。

冬に救急外来を訪れるのは、地元の老人達と、インフルエンザの高熱に苦しむ幼児などだ。大きな交通事故は比較的少なく、殺傷沙汰となると年に何軒もなかった。

さらに少ないのは、こういった自傷の患者だ。

都会とは違うライフスタイルが送れる、静かな海辺の町だ。

大学が移転してきたのと同時に、この病院も新設された。本院のほうは、以前の大学があった近くにそのまま残っている。それほど歴史のない病院だが、最新の医療機器も備えられているので、日中には近隣の市町村から、かなりの来院者があった。

病院の知名度も上がり、救急車で運び込まれる急患は増えているが、その中でも自傷は特別な患者なのだ。

一樹自身も、服毒による自傷患者の経験は少ない。本院で研修医をしていた頃に、何度かあっただけだ。

間違って毒物を飲み込んでしまった患者に、胃洗浄をしたことはこちらでもある。実際の胃洗浄を経験させるために、一樹は研修医に細かく説明しながら準備をさせた。

そこに救急隊員がストレッチャーに乗せて運び込んできたのは、まだ若い女性だった。傍らにはよく似た顔立ちの母親が付き添っている。

「何時間前に薬を飲み始めたか分かります？　それと何を飲んだのか知りたいのですが」

母親は黙って風邪薬の空き瓶を差し出した。娘が自殺しようとしたのに狼狽《うろた》えている様子はなくて、一樹にはただ腹を立てているようにしか見えなかった。

「意識はあるかな……」

すぐに研修医が、緊張した様子で患者を診察する。

「意識反応はありません。昏睡状態です」

研修医の言葉どおり、ベッドに寝かされた患者に意識はない。そこで一樹は母親に確認を取った。

「本人の確認が取れないので、緊急事態と判断し、胃洗浄に入りたいと思いますが、よろしいですか？」

「はい、どうぞ。薬を飲んで一時間は経っていないと思います。他にも睡眠導入剤？　あれを何個か飲んでますわ」

「……そうですか」

母親は妙に落ち着いている。一樹が研修医と看護師と共に、患者の胃に管を挿入し、温めた水を流し込んでいる間も、たいしたことではない様子でぼんやりしていた。

見ると患者の左腕には、手首に赤い筋のような傷跡が何本もあった。どうやらリストカット常習者でもあるらしい。

「胃洗浄は初めてですか？」

思わず一樹は訊いてしまった。すると母親は、感情の伴わない声ではっきりと答えた。

「三度目です。いつも……一時間以内に病院にたどり着けるような時間に、騒ぎ出すんですよ」

「……」

薬を大量に服用した場合、一時間以内の胃洗浄が望ましい。そう教えられてきたが、すんなり患者の母親からその言葉が聞かれるとは思ってもいなかった。

「本気じゃないんです。私に恥をかかせたいだけなんですよ。いい迷惑ですよね」

淡々と語る母親に、一樹は怒りを覚える。あんたがそんな態度だから、何度もやるようになったんじゃないかと言いたかったが、さすがに自制した。

胃洗浄は患者にとって決して楽なものではない。喉に管を通され、水を胃に入れてから吸い出すことを繰り返すのだ。

どうやらこの患者は、胃洗浄の苦しさを知っているのか、すでに睡眠導入剤を飲んでいて、深い眠りの中にいるようだ。意識があったら耐えられないと分かっているのだ。

「風邪薬なんかで、死ぬわけないでしょ。バカみたい……」

他に既往症のない健康な人間だったら、何百錠という数を飲まなければ、すぐには死ねない。けれど彼女は、五百錠を飲んでいるのだ。死ぬわけがないと言い切れる数ではなかった。

「まだ時間掛かるでしょ。それじゃお願いします」

そう言うと、母親は処置室を出ていってしまった。

「以前も、私、担当したことありますよ」

患者に温めた水を送り込み、吸い取ることを繰り返しながら、看護師が淡々と言う。

「へぇーっ、そうなんだ、いつ？」

「相沢先生が、まだ研修中の時ですね。二年前と四年前、どうやら二年周期みたいですね」

「……精神科に通ってないのかな」

「いかせてれば、今、ここにはいないと思いますよ。精神科で貰える睡眠薬じゃ死なないと知ってるから、市販薬飲むのでしょうけど、どっちにしても辛いだけですよね」

そんなに何度も大量に薬物を飲んでいたら、いずれ体に後遺症が残る。一樹はまず医師として、そのことを真っ先に心配してしまった。

「入院は？」

おかしなことに、一樹にはこの患者に対する記憶がない。自分が宿直した時に運び込まれてきた患者や、医師となってから担当した患者のことはすべて覚えているから、全く知らないというのが不思議だった。

「入院なんてさせませんよ。胃洗浄の処置が終わったら、さっさと家に連れて帰るんです。なんかねぇ、私達は患者さんを助けようと必死になってるのに……」

「おおっと、そこまで。意識が戻ってるかもしれない」

それから先は、看護師同士で愚痴りあって貰いたい。もし患者の意識が戻ってきたら、聞きたくない言葉だろう。

「三回目なら、入院させよう」

「以前も大沢《おおさわ》先生が提案したんですけど、親がねぇ……」

どうやら毎回お騒がせの患者らしい。

死にたくないと願う人間が大勢いるのに、死にたい人間も決して少なくない数いる。いらない命なら浩之に分けてくれと、一樹は思った。

工藤亜美《くどうあみ》という患者名で検索すると、ただちに診察記録が出てきた。看護師の言ったとおり、過去二回胃洗浄を行っている。他には通院歴も入院歴もなかった。

「どうだ、洗浄液、綺麗になってきた?」

研修医に問いかけると、緊張した面持ちで報告してくる。

「未消化の薬剤は、かなり吸い取りました。洗浄液も、かなり綺麗になってます」

どうやら中に残ったものはないようだ。続けて活性炭《かっせいたん》と緩下剤《かんげざい》を投与して、処置は終わりになる。

「睡眠導入剤、どれだけ飲んだんだろう? 意識がまだ戻らないな。母親に入院させるからって伝えてくるよ」

研修医に後を任せて、一樹は廊下に出た。ところが廊下に母親の姿はない。

「電話かな……」

携帯電話を外で掛ける人も多いので、一樹はそのまま救急外来の入り口から外に出てみた。

少しだけ欠けた満月は、ゆっくりと地上に近づいている。だが地平に沈むまでは、まだ時間がかかるだろう。

「生きて……死んでか……」

ふっと呟いた一樹の目に、ぼうっとした赤い光が映った。

どうやら母親は、ここで煙草を吸っていたらしい。今更、喫煙所でと言ったところで無駄だが、せめて吸い殻ぐらいは持って帰ってくれと思った。

「ここにいらしたんですか？　工藤亜美さん、入院になりますので」

「えっ？　いつもはそのまま帰ってますけど」

「まだ薬物が完全に体外に出たわけではないので、予後を診たいと思います。よろしければそのまま心療内科で、診察を受けられたらどうでしょう」

母親に近づいていって、一樹は穏やかに話し掛けたつもりだった。けれど返ってきたのは、心ない嘲笑だった。

「精神科って、いきなり言わないのね、先生」

「……」

笑いながら言うことではない。けれどこの母親は、笑っている。

本当に辛い時、人は無理して笑うことがある。けれど彼女の笑いは、そういった種類のものと違っていた。

「通院を薦めたって無駄ですから。どうせ通わないし……入院は一日ですか?」

「いえ、様子を見ないと……前回より薬の量が多かったようですから、内臓にどれだけ負担がかかっているのか詳しく検査しないと、何らかの副作用が出るかもしれません」

「あら、記録なんてあるのね。それは知らなかったわ」

「あるいは後遺症が残るかもしれないです。二年おきにやっているようだと、内臓にかなり蓄積されますから」

以前に担当した大沢も、同じことを口にした筈だ。

なのに意味を成さなかったというのが、一樹としては悔しい。

「入院になるなんて思わなかったから、何の準備もしてないわ」

「今夜は病院のものを貸し出しますから」

「そうしていただける? どうせ明日になったら、帰りたいって騒ぎ出すでしょうから」

何かと文句を言ってくる、モンスターと形容される患者も増えてきたが、それを連想させる嫌な感じだ。

「後遺症についてお母さんからも、よく説明してください」

「そんなの分からないもの、無理よ。あなた達の仕事でしょ」

「……」

やはりこれは無理だ。いらぬストレスをわざわざ抱える必要はない。一樹は毅然として、後は事務的に言う。

「入院の書類に記入をお願いします。救急外来の受付で行いますから」

「あらそう、分かったわ」

そう言いながらも、母親は新しい煙草に火を点ける。別に声高に罵倒されたわけでもないが、不快感がべったりと一樹にまとわりついていた。

処置室に戻ると、患者はどうやら意識を取り戻したらしい。激しく咳き込んでいるのが聞こえた。

「工藤亜美さん？　このまま入院になりますから」

一樹がそう声を掛けると、いきなりベッドの上に起き上がり、そのまま下りようとしていた。

「安心して、ここは病院だから。お母さんも来てるよ」

薬の副作用で、幻覚でも見ているのだろう。そう思った一樹が見ている前で、亜美は嘔《え》吐《ず》き始めた。

「落ち着いて、横になりなさい」

その体に手を掛けると、亜美はきっと一樹を睨み付ける。

よくよく見ると、とても綺麗な顔立ちをしていた。テレビで見るようなタレントと大差ない美しさだ。

こんなに美しい顔立ちをしているなら、それだけで皆がちやほやしてくれそうなものだ。それだけではやはり不満なのだろうか。

「三回目なら分かってるだろ。薬物を吸収させるために活性炭が胃に入ってる。まずは胃の中を掃除しないと駄目なんだよ。一度で無理なら、もう一度、飲んでもらうことになるかな」

「……帰る……」

「もう少し様子を見てからだ。それに余計なことかもしれないが、今はお母さんと距離を取ったほうがよくないか?」

「……」

そこでやっと亜美は、人間らしい表情で一樹を見つめてきた。

しばらく入院して、一度母親と離れたほうがよさそうだ。問題行動の原因は、母親との確執にあるような気がしてならない。

「入院は嫌……あれも駄目、これも駄目ってうるさいんでしょ」

「病院はね、金を払えばお客ってところとは違うんだ。規則を守って、大人しくしてくれないと困るが、それが出来ないほどのガキじゃないだろ」

「研修医なんでしょ。いいの、そんな生意気な口利いて」

いきなりの反撃に一樹は顔をしかめる。夜中に救急車で運び込まれると、病院には研修医しかいないとでも思いこんでいるようだ。

「残念だが研修医じゃない。総合内科の相沢だ。ストレッチャー使わなくても、車椅子で大丈夫だろ？ そんなに元気があるなら、病室に移動して欲しいんだが」

「個室じゃなきゃいや。個室じゃなきゃ……帰る」

「……お母さんと相談してくるよ……」

一樹が頷くと、すぐに亜美は横になってしまい、目を閉じて再び眠り込んでしまった。先に飲んだと思われる睡眠導入剤が、まだ効いているようだ。

「個室じゃなきゃ駄目って、どこのお嬢様だ？」

呆れながらも一樹は、母親の姿を探す。入院の手続きをしている母親の声が、静かな夜の廊下に響いていた。

「個室にしてください。差額？ ああ、それくらい知ってるわよ。何万だって構わないから、とにかく個室にしてちょうだい」

ああ、やはり親子なんだと思って、一樹はそこで立ち止まる。

診察や処置に手が掛かる患者は、どんなに大変でも平気だが、こういった自己中心的な患者相手は精神的に疲れるばかりだ。

胃洗浄が三度目と、何本もある手首の傷を見てしまったら、精神科の治療も必要だろうと思ってしまう。けれどあの親子が、すんなりと精神科の治療を受けるか疑問だ。

死しか安らぎの思いつかない人間がいることは、医師として分かりたくはなかったが、人間としては分かるつもりだった。

けれど病院に運び込まれてきた以上、最善の努力をして生かすのが医療関係者だ。

ここで医療とは何かなんて悩みたくない。それよりも精神科医の冷静さと、外科医の手際よさ、小児科医の忍耐強さを一樹は一度に盗みたかった。

この程度の患者で、苛立っていては駄目だ。

「冷静になろう……人は生きて、死んでの繰り返しだ。誰もがいずれ死ぬ。急ぐ必要なんてないと、分かってくれるといいんだが」

一樹は窓から空を見上げる。いつの間にか、こうして月を探すようになってしまった。

亡くなった人の魂を集めて、月は丸く膨らんでいく。満月になると、今度は魂を新しい命に吹き込んで、月は痩せ細っていくのだ。

この星の上では、命は生きて死んでの繰り返しだけれど、自分として生きられるのは一度きりだ。だからこそ、生きている時間を大切にしたい。

そんなことを考えるようになったのは、浩之と出会えたからだ。

心がささくれ立つと、早く家に帰りたくなってくる。すぐにでも浩之に会いたいと、一樹はいつもより強く思っていた。

夏の海水浴シーズンには渋滞となる道も、普段はガラガラに空いている。反対車線には早朝出勤の車が何台か走っているが、家に帰る方向は一台もいなくて楽なものだった。

スピードを上げたい誘惑と戦いながら、安全運転で一樹は家に帰り着く。天気がいい日中は庭に繋がれているゴロが、元気よく吠えて一樹を出迎えた。

早朝の爽やかな空気の中、微かに枯れ葉の焼ける匂いが混じっている。どこかで野焼きをしているようだ。野焼きが始まると、春が近づいていると強く感じる。陽射しもそういえば、いつもより暖かく感じられた。

「ただいま……」

「お帰り」

浩之の姿を見た途端にほっとする。そのまま抱きしめたいけれど、一樹は真っ直ぐにバスルームに向かった。

すでに風呂の用意はしてある。以前だったら、宿直明けにはまずゴロの散歩をし、よろよろになって風呂掃除をしてからでないと、入浴も出来なかったのだ。

それを思うと、今の生活は快適そのものだった。

着ていたものは、すべて洗ってしまう。そこまで神経質にならなくてもいいのだろうが、浩之を引き取ってからというもの、一樹にとってこれは毎日の儀式になった。

そのため洗いやすいものばかり着ている。コットンのチノパンにシャツ、それにパーカーだ。洗いが激しいから傷むので、量販店の安いものしか着ていない。それでも一樹にとっては十分なのだ。

「あー、いい湯だ」

バスタブに入ると、ぶくぶくと顔まで沈んで浸かっていた。

この家に越してきたばかりの頃は、手足を縮めないと入れないような小さな浴槽《よくそう》だったのだ。あまりにも窮屈《きゅうくつ》で、バスルームを思い切ってリフォームした。そのおかげで百八十センチを越える一樹でも、今はのうのうと手足を伸ばして入浴出来る。

浩之はかなり綺麗好きだ。シャンプーやボディソープのボトルが、あちこちに散らかっているということはない。いつも同じ場所に、新品のように綺麗な状態で置いてある。自分達が使うシャンプーの横に、申し訳なさそうに犬用のシャンプーも置かれていた。

ゴロにとっても、家にいつも浩之がいるのはいいことだろう。別に一日中構ってやる必要はないが、守るべき家に誰かがいると犬は安心するものだ。

何もかもが上手くいっている。順調過ぎて怖いくらいだ。だからこそ一樹は、気を引き締めないといけないと思った。

風呂から出ると、綺麗に洗われたバスタオルが置かれている。

それを手にして体を拭う瞬間、一樹はそこで幸福の正体に気がつく。男も女も関係ない。人はいつだって、癒されたい弱い生き物なのだ。懸命に働けば働くだけ、肉体も心も疲れ切ってぼろぼろになる。

そこにこの柔らかなバスタオルなのだ。

テレビのコマーシャルは、いかにもふわふわのタオルが幸せの象徴のように演出している。以前の一樹は、何の感慨もなくそんなコマーシャルを見てきたが、その意味がよく分かった。

ふわふわのタオルを用意してくれる、誰かがいることが幸せなのだと。

浩之はキッチンで、小さな土鍋に火を入れている。弱火にしてから、心配そうに蓋をしていた。

背後から一樹は近づき、バスタオルを腰に巻いただけの姿で浩之を抱きしめていた。

「ど、どうしたの？　いきなり……そういう気分？」

「そうじゃない。ただハグしたかっただけさ。昨日はいい一日だった？」

「夜、一樹がいなくて寂しかったから、久しぶりにネットでチャットやってた。変わらないメンバーがいてね。懐かしかったよ」

「そうか、よかったな」

「風邪引くよ。早く、服着て。し、したいんなら、すぐにベッドに入ってよ」

浩之が焦っている。ここで獣のように犯したりするのも、恋人同士ならあるのだろう。

けれどそんなことをしたら、浩之の心臓は激しく鼓動を打ち始める。

ゆっくりと階段を上がるのは出来ても、一気に駆け上がることは許されない。

ここで浩之を押し倒したら、同じくらいの衝撃を与えてしまう。

急いではいけない。相手の嫌がることはしない。ただ抱きしめるだけでも十分。

昨日、そこまでしっかり学習したのに、もう忘れかけているなんて情けない。

「着るよ……着るから……」

ハグして、そして優しいキスだ。

「愛してるよ……満月のせいかな、ずっと浩之のことばかり考えてた」

「……ベッドに行く？」

「俺だって、毎日セックスしたいってだけじゃないさ。抱きしめたかっただけ」

激しいキスをする気はないのに、つい情熱的になってしまう。そこですぐに体を離し、着替えに戻った。

たいしたことをしていないのに、何だかドキドキしている。このときめきがある限り、穏やかでも深く浩之を愛していけると思った。

「待たせてごめんな。飯にしよう」

テーブルに着くと、浩之はほっとした表情を浮かべる。朝からいきなり裸で抱き付かれて、当惑しただろう。

けれどさりげないスキンシップは、何より大切だ。二人の間では、セックスよりずっと重要だと一樹は思うようになったのだからしようがない。

浩之が手術で別の病院に入院していた時のことを、今更のように思い出す。

山際教授は隣県の大手病院の医師だ。手術も当然、そちらで行われた。高野は手術の見学に参加したが、一樹まで参加することは許されなかった。

たとえ許されたとしても、辛くて見学は出来なかっただろう。

浩之が意識を取り戻すまでの間、一樹は初めて医師としてではなく、一人の人間として死の恐怖を味わった。

数時間に及ぶ手術の困難さは、とてもよく分かっている。成功して欲しいと、誰もが願っていたが、一番強く願っていたのは一樹だっただろう。

意識が戻り、やっと面会出来た時には、言いたいことが山ほどあったのに何も言えなかった。すると浩之は、黙ったまま一樹の手を握ってきたのだ。

どんな言葉よりも強く、互いの手の温もりが思いを伝えていた。

くなる。

あれから一年が過ぎたが、あの時の感動が薄れることはない。今でも思い出すと胸が熱

「自動車教習所の送迎車ね。バス停じゃなくても、乗せてくれるって言ってた。教習所のバッグ持って立っていれば、拾っていってくれるんだって」

両手にミトンを填めて、浩之は慎重に土鍋を運びながら言っている。

「午前中はまだ空いてるって言われたけど、どうしようか」

「四月に入って、もっと空いてからでいいんじゃないか？　まだインフルエンザが消えてるわけでもないし……おっ、旨そうだな」

「出汁、ちゃんと取ったからね。料理って、やりだすと本当に奥が深い。一番嬉しいのは、美味しいって言って食べてくれる人がいることだよね」

「うーん、美味しい。美味しいなぁ、美味しい」

二人は笑いながら、熱々のうどんを啜《すす》った。

「今日、何かあった？」

半分ほど食べた後で、七味を掛けている一樹に向かって、浩之はさりげなく訊いてくる。

「分かっちゃった？」

「うん……何となく」

やはり帰ってすぐは、明るい顔が出来なかったようだ。けれど食事をしているうちに、自然と笑顔は戻ってきていた。

「苦手な患者が運び込まれてきたからさ」

「一樹が苦手って言うのは珍しい」

「自分勝手なことばかり言う患者は苦手だ」

亜美は精神神経科の医師に診てもらうべきだ。けれど一樹の勤務する陽林大学付属病院に、精神神経科の入院施設はない。いずれ他の病院を紹介してもらい、しばらく入院するのが望ましいと思った。

「あー、引きずりたくない。家に帰ってまで、患者のことは考えたくないよ。飯、食べたら少し仮眠するから。起きたら、買い物にでも行こうか。いや、その前に自動車教習所の見学に行かないか?」

「ありがとう、それいいね」

「土曜だから、生徒が大勢いて活気があるんじゃないかな。そういう時に見たほうが、実態が分かりやすいから」

浩之が嬉しそうにしている。学校なんて中学以来だから、ただ運転の教習に通うというだけでなく、いろいろな人と知り合えるという、別の楽しみも期待しているのだろう。

食事を終えると、洗い物だけは必ず一樹がやる。家事を分担するのは、一緒に暮らしていく上で最低限のルールと思えるからだ。

「なぁ、仮眠するから、抱き枕になって」

その後で一樹は浩之をベッドに誘った。

もうすでに陽は上り、リビングの奥まで光が差し込んでいる。

太陽の不思議な魔力だ。冬は部屋の奥まで届く陽光も、夏の一番暑い時間帯には、遠慮して中まで押し入ってくることはない。

春の間近な今は、程よくベッドの上に光が当たっていた。

一樹はベッドに横たわり、馴染み深い自分の匂いを嗅ぐ。日溜まりの匂いが混じっているが、どこか懐かしい感じがした。

「何時に起こしたらいい?」

「んーっ、気持ちいいから二時間くらい?」

ベッドの横に入ってきた浩之の体を抱きしめると、一樹はとても落ち着いた気持ちになり、すぐに眠りに誘われた。

「何もしなくていいの……?」

「んっ? いいよ、こうしてるだけで……」

「一年過ぎたし……もう大丈夫だよ。普通に……いろんなことやってもいいから」

目を閉じていた一樹は、そこで目を開けて浩之を見つめた。

そんなことを浩之から言ってくるとは思ってもいなかった。浩之はセックスなんてしたくないんじゃないかと思っていたが、もしかしたら一樹が勝手に誤解していたのだろうか。それとも何とか一樹に合わせようと、健気に努力しているのかもしれない。

浩之を改めて強く抱きしめてから、額にキスをする。

そしてふと思いついたことを口にした。

「なぁ、生還一年を記念して、どこかに出掛けようか？　あまり遠くは無理だろうけど、よければ俺、浩之の麻布の家を見てみたいな」

「……僕が育った家だけど……住まなくなって何年にもなるから荒れてるよ」

「見るだけさ。その後は、どこかホテルに泊まろう。少しリッチな食事して……高層階のホテルにしようか？　夜景の綺麗なところがいいな」

思えばこの一年、ほとんど贅沢らしい贅沢はしてこなかった。浩之の退院を待ち、ここに改めて迎え入れてからは、ずっと静かに暮らしていた。

どこか違う場所に行ったら、そこから新たなスタートが切れるのではないかと、つい考えてしまう。

「どう？　嫌だったら、止めるけど」

「いいね……ホテルか……凄い贅沢な気がする。子供の頃はね、よくいろいろなところに出掛けたんだ。お父さんが元気だった頃に、そういえば沖縄の海にも行ったよ。次はハワイに連れて行ってくれると言ったのに……」

「だったら来年は、ハワイだな」

「ハワイの前に、もう一度沖縄に行きたいな」

「じゃ沖縄……」

楽しいことばかり考えていければいい。少し先に石を蹴って、それをまた蹴るために、歩いていくように、ゆっくり少しずつ、先にあるものを見据えて生きていければいい。

今年は都心の高層階ホテルで、来年は沖縄旅行だ。そしていつかはハワイに行く。

二年後まで予定は決まった。

「来年は沖縄だ。冬の沖縄はいいな。暖かくて……」

「一樹は泳ぎたい？」

「あっ、サーフィンしたいかもだな……」

サーフィンはこの家に越してきてから、本格的に始めた。真冬と海水浴客で賑わう時以外は、時間さえあれば波に乗る。

海は一樹に優しい。大切なものをたくさんくれる。その一つが浩之だった。

眠りに落ちる瞬間なのだろう、現実と夢の狭間にいるようだ。なぜか庭にひまわりが咲き乱れ、空は真っ青で夏の色だった。

「……来年……沖縄」

上半身裸の浩之が笑っている。その胸に傷跡がないから、やはりこれは夢なのだ。

気がつくと海で、浩之にサーフィンを教えていた。

大丈夫だ。ウェットスーツを着れば、傷跡なんて隠れる。いつか海に行こう。そして二人、波間で遊ぼう。

真夏の海中にいるような、ぬくぬく、ふわふわとしたいい気分だった。そのまま海底に沈んでいくように、一樹は夢も見ない深い眠りに入っていく。

どれぐらい眠ったのだろう。はっと目が覚めたのは、携帯電話が病院からの着信音で鳴っていたからだ。

「ああ、はい、もしもし、ああ高木《たかぎ》か」

今朝方まで一緒に働いていた研修医からだった。

『お休みのところすいません。あの、胃洗浄した工藤さん、意識が戻ったんですけど』

「んっ……肝臓障害、やばかったか?」

『投薬は続けてますが、その、相沢先生じゃないと診察させないって、言い出して』

「休日当番医に任せればいいじゃないか。今日は誰だっけ?」

『大沢先生です』

一樹はベッドの上に起き上がり、ぼんやりと外の様子に耳を傾ける。どうやら洗濯物を干している浩之に、ゴロが遊べとねだっているらしい。

今日も野焼きをしているのか、枯れた草の燃える匂いが微かに漂っている。

静かな土曜日の午前中なのに、携帯電話からは研修医の疲れた声が聞こえていた。

『大沢先生、以前、工藤さんを診たことがあるんですね。その時に入院を勧めたのに、そのまま帰ってしまったから、工藤さんの母親と後で大もめだったみたいですよ』

「そうなの?」

『その時は、百錠飲んだらしいんですけど、トイレに母親が連れていって、その後検査もせずに勝手に帰ったそうです』

一樹は頭を抱える。あの母親も、自傷当事者の亜美も、服用した薬の怖さを理解していない。発見が早かったからまだ救われているが、もう少し遅かったら、それだけ内臓が吸収してしまって、後に様々な機能障害が起こるのだ。

『大沢先生が今日の内科当番医で、後は外科の先生か、僕ら研修医しかいませんと言っても、全然聞いてなくて』

「俺をご指名なのか？」

『らしいです。先生、まだ寝たばかりですよね？』

「……」

一樹が行ったところで、やる事は同じだ。経過を観察しつつ、投薬を続けるしかない。自分で飲めないようなら、苦しいだろうがまた口から管を挿入されることになる。それが嫌だと言われても、生きるためには仕方がない。

『すいません、非力で……ここは自分で何とかします』

「処置の仕方を間違えたっていうなら、自分で何とかしろって言えるけどな。ああいう患者は、俺にもよく分からない。理屈や常識が通じないからな」

『……はい……』

この研修医が高木でなかったら、一樹は自分で何とかしろと突き放したかもしれない。だが高木はとても意欲のある研修医で、一年中ほとんど病院内にいるのじゃないかと、よく言われていた。

「あたしは死にたかったのに、生かしたのはあんたらのせいだから、言うこと聞けとか言いそうだ」

『あ、それ、まさにそれです。言われました。酷いですよね。僕と林《はやし》ナースと相沢先生で、錠剤を何百個も吸い取ってやったのに、酷くないですかっ』

「マジで言ったのか……そりゃ凄い」

一樹はベッドから下りて立ち上がる。

浩之が作ってくれた鍋焼きうどんが食べられた。それでよしとしようと、自分を慰める。

自動車教習所は、明日行けばいい。買い物程度の時間なら調整出来るだろう。

今は浩之よりも、高木を守らないといけない。一樹にも研修医時代、パンパンになってしまった時があったから、電話をせずにいられなかった高木の気持ちがよく分かるのだ。

「今から行くから……」

『でも、それだと患者のわがままに負けたみたいで、悔しいです』

高木の声は泣きそうだ。

死にたい人間まで救わないといけないのかと、高木なりに葛藤しているのが想像つく。

「患者のために行くんじゃない。忘れ物したから取りに行くんだ」

『……』

「後でな」

携帯電話を切ると、いつの間にか浩之の姿があった。その手には、洗ってあるシャツとチノパン、それに靴下があった。

「ごめんな……」

「いいよ。それより、来週の休みでいいかな？　ホテル予約していい？」

思いやりのある浩之は、一樹が患者を優先したことを恨まない。巧みにその先の楽しみを提案し、自分の楽しみは後回しに出来ると告げてくる。

浩之は自分を愛してくれる者に対して優しい。だから母親に逆らわず、あえて虜囚となったのだろう。

「高層階から、都心の夜景見るなんて初めてだ。麻布に住んでたのに、東京タワーの展望台も上ったことない。もしかしたらお母さん、高所恐怖症だったのかもしれないね」

いかにも楽しみな様子で浩之は語る。本当に一樹の提案が、心弾ませるものだったのかもしれない。

「麻布からだと、渋谷のセルリアンがいいかもな。ネットで予約しておいて。インフルエンザ患者が一万人押し寄せても、その日は絶対に休むからな」

「うん……」

着替えを渡した浩之は、そのまま一樹に抱き付いてくる。本当はずっと側にいて欲しいだろうに、それを口にしないところが健気だった。

「どうせならスイートルームにしよう」

「そんな……贅沢だよ」

「金持ちの浩之が言うと変だな……。俺だって稼いでるんだ。たまにはいいさ」

同じように病院勤務をしていても、研修医時代と収入は大違いだ。なのにその身に相応しい贅沢とは無縁な暮らしだった。

しかも研修医に泣きつかれれば、金になるわけでもないのにすぐに病院に駆けつける。少しご褒美を貰いたい。ホテルのスイートルームで過ごす夜は、きっと二人にとって特別なご褒美になるだろう。

病院に戻ると、休日勤務の看護師が不思議そうな顔で出迎える。

「相沢先生、まだいらしたんですか？」

怪訝《けげん》そうに言われて、一樹は笑って返した。

「またいらしたんだよ。忘れ物したんだけど、高木はいるかな？」

「さっきまで大沢先生と、幼児の腸閉塞《ちょうへいそく》を処置なさってましたけど」

「ああ、そう、ありがとう。あいつも昨日から、いろいろといい勉強したな」

総合内科を目指すなら、様々な経験が必要だ。いわば診察の振り分けを任されるようなもので、即座に的確な診断をする必要がある。

大沢は総合内科の主任医師で、一樹にとってはいい先輩の一人だった。けれど口の利き方が高圧的で、患者の受けはあまりよくない。

俺は歯医者じゃないが大沢の口癖だが、一樹には最初その意味が分からなかった。どうやら歯医者は、治療中にやたら痛くありませんかと確認するが、そのまめさを言っているらしい。

病人に休日はない。平日は仕事があって来院出来ない人も、休日に病院がやっていれば訪れる。腸閉塞の処置に時間が掛かったせいか、内科の待合室には診察待ちの患者が数人座っていた。

医局に呼び出すと、高木はすぐにやってきた。

「イレウスだって?」

一樹に言われて、高木は力なく微笑む。

「はい、来院したとき、かなり痛がってて大変でした」

「お疲れ」

軽く高木の肩を叩いてやりながら、一樹はため息を漏らした。

「で、俺をご指名なのか? 大沢先生には話した?」

「はい、どうせ担当医は自分じゃないから、好きにしろって言われました」

「大沢先生は、高木のこと怒ってるんじゃないからな」

「分かってます」

高木は一樹の顔を見た途端に、どっと疲れた様子になった。一樹も経験があるだけに、その疲労感はよく分かる。

高木の部屋のベッドには、お日様の匂いはしない。冷蔵庫には、いつ買ったのか忘れたような食品と、飲む機会もあまりないのに大量のビールが入っているのだ。

二年の間に、使える医師になるためには、これくらいの疲労感なんて、どうってことはないと思いたい。

なのに患者が亡くなったり、今日のように酷い言葉を浴びせられると、元気な時に受けるのよりも大きなショックになる。

「休憩、取れ。俺がその間、代わりやっとくから」

「あ、そういうのは服務規程違反になりますから」

「研修医なんて、全員、労働基準法違反だ」

そこで一樹は千円札を三枚取りだし、高木のチノパンのポケットにねじ込んだ。

「な、何ですか」

「ファミレスでも行って、好きなだけ食ってこいよ。これじゃ足りないか」

「いえ、そんなことしていただいたら」

「一緒に行きたいけど、今日は無理そうだ」

「……ありがとうございます。死にたい人間を助けて、何で酷いこと言われないといけないんですかね。めげましたが、これで救われました。肉、食ってきます」

高木はそこで深々と頭を下げた。

病院から出て、外の空気を吸うだけでもすっきりする。そうすれば患者の精神状態も特別で、普段は決して言わないようなことも口にしてしまうという、人間の事情というやつを再認出来るだろう。

「そろそろ投薬の時間だな。じゃタッチだ。さっさと飯食いに行け」

「はい」

ふらふらと出て行く高木を見送ると、一樹は白衣に着替えて亜美の病室に向かう。個室に空きがあって入っていたが、あれから母親は来ていないのか、病院が貸し出した衣料を着て一人で寝ていた。

「最低の病院ね。普通、集中治療室とかに入れない？」

一樹の顔を見た途端に、亜美は毒づいた。

「交通事故とかの、重度の患者さんが来るかもしれないだろ。今のところ、君は緊急を要する症状じゃないからね。薬は自分で飲める？」

「吐く……」

「それじゃまず、吐かないように処置してからだな」

「嘘よ。飲むからいい」

さすがに管を押し込まれるのは嫌らしい。

「ねぇ、あたしの担当は先生なんでしょ？」

「いや、月曜になったら、消化器系の先生になるから」

「どうして？　先生は内科じゃないの？」

「風邪薬だからって、軽く考えては駄目だ。副作用はこれから、肝臓とか腎臓に出る可能性が高い。俺がやったのは、緊急の処置だ。専門の先生に診てもらったほうが、後遺症に悩まなくていいよ」

「同じ医者じゃない。何が違うの？」

出来ることなら、おまえなんかの担当になりたくないんだと、一気に本音を語りたいところだが、一樹は大人だ。この病院の専門医制度について説明してやった。

「つまり俺は、ホテルのフロントのようなものなんだ。もちろん荷物を部屋まで運んだり、場合によっては料理も届けるけどね。だけど料理はシェフにして欲しいだろ」

その説明に納得したのだろうか、苦みの強い薬だが、亜美はどうにか飲み込んだ。そして看護師に支えられて、個室に併設されたトイレに向かう。

トイレとシャワー完備の個室だ。広々としていて、付き添いのベッドを置くことも出来る。そんな部屋を用意してやったのに、着替え一枚持って来ないのが理解しがたいところだった。

「先生が担当じゃないんなら帰る」

トイレから戻ったら、また振り出しに戻っている。

「そういうわがままは通用しないんだ」

「なら帰る。副作用で死んでも、あたしは困らないんだし」

「……」

高木と一緒に、肉を食べたい気持ちになってくる。一番聞きたくない、嫌な言葉だ。

「月曜まで生きていられたら、精神科の先生に診て貰えるよ。今、一番必要なのは、そっちの先生だろ?」

つい残酷な言い方になってしまった。けれど言われた亜美は、ぷっと噴き出して笑っている。

自分の妹だったら、きっと怒りのあまりひっぱたいていただろう。

「何があったのかなんて、俺は訊かない。聞いても適切な処置は出来ないだろうから。今の俺達が出来ることは、君の体に残った毒素を排出するだけだ。俺が入院を提案したのに、断って退院すればお母さんの責任になる。それが君にとっては復讐《ふくしゅう》なのかもしれないが」

病院に来ないことで、母親もまた娘に復讐している。

日溜まりで寝ていたのに、親子間の確執に巻き込まれて、実に迷惑な話だった。

「ここは生きるための場所なんだ。俺達医療関係者は、そのために努力している。君はここに来たくなかったかもしれないが、来た以上はルールに従って欲しい」

「先生が担当してくれるならね」

どうやら一度言い出したことは、何が何でも実行せずにいられないらしい。この性格が原因で、母親ともぶつかってばかりなのだろう。

自分の思い通りにならないと、腹いせに自傷行為に出る。心配させ、苛々させるのが狙いだから、本気で死ぬつもりはないのだ。

愛はどこで歪むのだろう。

誰かがまともに愛してあげていれば、ここまで屈折することはなかっただろうと一樹は思ってしまう。

「担当の件は保留にしておきます。出来れば月曜まで入院して欲しいですね。予後を診たいからと、お母さんにはこちらから説明しますので」

突然一樹は口調を変えた。年が近いからと、つい親しげに話してしまったが、それが亜美をわがままにさせてしまったかもしれない。

あくまでも患者と医師という立場でいるなら、一樹の取った態度は公正ではなかった。

「また四時間後に、薬を飲んでください。積極的に、排尿と排便をすること。脱水症状にならないよう、水はこまめに飲んでください」

「何それ、医者のふり?」

ああ、これ以上君と関わりたくないから、わざと医者のふりをしているのだと答えたいところだが、一樹は曖昧な笑みを浮かべるだけにした。

「先生、また薬の時間になったら来る?」

「いや、もう診察時間は終わったので、これで帰らせていただきます。後は休日当番医が対応しますので」

空気を読めと思いつつ、一樹は立ち上がり病室を出て行こうとした。すると亜美は、突然苦しそうに胸をかきむしり、嘔吐き始める。

思った以上に厄介な患者だ。来週は高層ホテルで都会の夜景だ。それまではいい医師で居続けよう。そう自分を鼓舞して、一樹は看護師に吐いてもいいように指示を与える。

本当は吐き出すものなんてないのだ。一樹に対して生まれた執着を満たすためだけに、亜美は大げさに苦しみすら演出する。

亜美が本当に病んでいるのは肉体じゃない。心のほうだという思いが、ますます強くなっていった。

思い出というものは、いつでも心の中で美しく変色している。浩之は写真に収まった父の姿を見て、こんなに痩せたひょろひょろした男だっただろうかと新たな感慨を抱いた。父の写真は驚くほど少ない。三十代半ばに心臓病で倒れ、そのまま長く患うこともなく世を去った。

遺伝的なものなのか、それとも単に偶然なのか、父方の伯父もその十年後にやはり心臓病で亡くなっている。

それが母の不安を、より大きくさせていたのだろう。祖父母も他界して、頼る身内もなくなった母は、この麻布の家に浩之と共に引きこもった。

母の生家だったこの家は、すでにかなり古びていた。住んでいた頃は、浩之にはそれほど不具合も感じなかったが、キッチンやバスルームも昔ながらのもので、母も使いにくい思いをしていたのだろう。

それに誰が必要としているのかも分からない、古びたものがやたら残っている。捨てるに捨てられないものばかりのようだが、いっそすべて処分してしまう勇気は、母にはなかったのだ。

ここで二十四歳まで過ごした。

そして母は、あの海辺の町に別荘を買って、浩之と共に引っ越した。家具も何もかもすべて新しいものにしたのは、母はあそこで生き直したかったのかもしれない。

「建物は取り壊して、更地《さらち》にして売ったほうがいいでしょう。この辺りで、八十坪を越えるまとまった土地はそうそうないですから」

「現状のまま売却ということで、中に残った私物だけ、こちらで処分するってことでいいですか？　解体はそちらの判断でお願いします」

一樹は不動産業者と話している。二人で最初にこの家に入った時、一樹は身震いしていた。もしかしたらこの家に残っている母の思念に、反応してしまったのかもしれない。

どんなに浩之を連れて行きたくても、一樹の家にいる間は母も手が出せないようだ。一樹とゴロには、命を守るという不思議な力が備わっているからだと、浩之は信じている。

「ここの売却値段で購入可能な、お手頃なマンションがございますよ」

五十代の営業マンは、とても物腰が柔らかい。高値で売却されるような物件を、日頃から扱っているからだろう。

きっとこの営業マンからしてみたら、こんな一等地の物件を手放し、海の側の小さな町に定住する浩之が不思議に思えるだろう。もう人生をリタイアしたような年齢ならともかく、浩之はまだたった二十七歳なのだから。

一樹はすぐに売買の契約日とか、明け渡し期日など具体的なことを話し始めている。やはりこういったことは、一樹がいてくれて助かった。浩之一人では戸惑うことが多かっただろう。

二人が話している間に、浩之は自分の部屋のドアを開いた。

壁一面の本棚には、様々な本が並んでいた。十五歳からは、この本達が浩之の友達だったのだ。

「これ……持っていくの大変だな」

一樹の家には運べない。かといって浩之の所有する別荘にも、これだけの蔵書は置けなかった。やはり処分しなければいけないかなと思った途端、浩之はこの部屋で一人過ごす、間宮秀明の幻影《げんえい》を見ていた。

一冊、一冊、本の背表紙を見ながら、今日は何を読もうかと考えている。新しい本を買っても、内容によっては一日で何冊も読めてしまう。読めば楽しみが終わってしまうから、いつも読み終えるのが悲しかった。

本の世界に描かれた、素晴らしい恋愛にいつも憧れていた。いつか自分にもそんな人が現れるのかなと思ったが、ぼんやりとした憧れはいつも辛い現実で打ち砕かれる。

母は浩之が、誰かを愛するなんて決して許さなかったのだ。ネットで知り合った相手と会いたいと思っても、様々な理由を付けて浩之の出会いは阻止され続けた。

まさか浩之が男を愛するなんて、母には想像もつかなかっただろう。

「おい、四井《よつい》不動産、帰るって」

階下から一樹に言われて、浩之は慌ててリビングに戻った。

「すいません、お茶も出せずに」

「いえ、よろしいですよ。では、後日、日を改めてそちらにまたお伺いいたします」

「はい……よろしくお願いします」

浩之は頭を下げ、さらに玄関まで見送った。

一樹はすぐに家中を歩き回り、何かメモし始めている。

「この後、不要品の引き取り業者が来るから、持っていくものだけチェックしておいて。別荘にも入らないようなら、物置作ろう」

何をどうしたらいいのか、具体的なことが思いつかない浩之としては、事務的にさっさとことを進められる一樹が、こんな時には頼りになった。

「そうだね。でも……ほとんど持っていくものがない……」

何もかも古びて見えるこの家の中で、価値のあるものとは何だろう。両親の写真や、浩之の小学校時代が映っているビデオテープくらいしか思いつかなかった。

母の持っていた貴金属や、お気に入りのウェッジウッドの食器などは、とうに別荘に移動している。ここに残されていたのはすべて、もうほとんど使うことのないものだった。

「それじゃ早速開始するか」

一樹は手際よく、押し入れの中から古い衣類の入ったプラスチックケースを取りだし、中身を開けて持っていくものを詰められるようにしてくれた。

「なぁ、本当にいいのか？　別にこの家売らなくても、金に困るようなことはないだろ」

「本当にいらないんだ。未練はないよ」

「そうか、ならいい。それじゃ、いるものだけ車に乗せて運ぶから」

「ありがとう……」

いるものを探し出しているうちに、買い取り業者がやってきた。その対応も、ほとんど一樹がやってくれている。

それでも浩之は、どうすることも出来ない疲労感に包まれていた。

やはりこの家にいると、両親に呼ばれているように感じる。浩之の将来を不安に思っている両親は、自分達の世界に浩之を招きたいのかもしれない。

ここにあるものは、もう何もいらないと思えてきた。

一樹がいて、ゴロがいるあの家にいられれば、それでもう何も望みはない。

写真のアルバムとビデオテープを数本、それに希少本を何冊かケースに詰めた。

久しぶりに胸が苦しい。心臓の鼓動が不安定になってきている。浩之は何年も使っていない埃っぽいベッドに座り、鼓動が落ち着くのを待った。

「負けたくない……もう過去には引きずられたくないんだ。だからって、忘れたりはしないよ。お願いだ……僕を自由にして」

浩之の願いは聞き入れられただろうか。少し収まったと思って顔を上げると、一樹が心配そうにじっと浩之を見つめていた。

「大丈夫か?」

「平気だよ。少し感傷的になってるだけ」

「ならいいけど……この家じゃ、どこも埃っぽくて、横になることも出来ないからな。すぐにホテルに移動するから、辛かったら車の中で待ってるといい」

「……そうだね、埃がすごい」

誰も住まなくなると、ほんの三年でもこんなに家は荒れるものなのだろうか。窓から差し込む光の帯の中では、無数の埃が空中演舞を繰り広げている。

「これだけ持って帰る。後は処分して」

「これだけって、本当にこれだけか?」

「そう……これだけ」

あの時、海で死んでいたら、たったこれだけの思い出の品すら、ゴミとなって処分されてしまったのだ。

この先もいつ心臓が止まるか分からない。多くのものを残して、一樹に迷惑は掛けたくなかった。

浩之はケースを手にして持ち上げようとした。すると一樹が代わって、さっと持っていってしまった。

それぐらい運べるのにと思ったけれど、ここは素直に甘えることにした。上手く甘えることも、愛されるためには必要なのだ。今日は思い切り甘える日にしてもいい。せっかく二人きりで過ごす特別の日なのだから。

いつもの山の中腹から見る夜景と違って、よく知っている会社のロゴマークのネオンが氾濫していた。高速道路は渋滞していて、赤いテールランプが群れた獣の目のように連なっている。

「同じ夜景でも、ずいぶんと違うな」

浩之は窓の側に立ち、じっと外を見つめる。部屋の灯りはすべて消したので、夜景がより楽しめた。

どこにも山の陰はなく、見晴らす限りビルばかりだ。合間に少し木々があるのは、よく知られた公園なのだろう。都内を散策したことなどほとんどない浩之には、その公園の名前などすぐには思い浮かばなかった。

「結構、埃っぽかったんだな……風呂、どうぞ」

先に風呂に入った一樹が、バスローブ姿で現れる。

豪華なディナーを楽しんだ。その時にも一樹は、シェフに減塩でと頼んでくれていた。依頼は快く受け入れられ、浩之には通常とは違ったものが出されたが、素晴らしい味付けで、浩之は心から料理を堪能した。

幸せな夜だった。

「それじゃ、お風呂、入ってくるね……」

「ああ……」

一樹は冷蔵庫からビールを取りだし、テレビを点けてニュースを観ながら飲んでいる。浩之はバッグの中から、着替えの下着と同時に、見慣れない道具をそっと取りだした。セックスレスのカップルなんて、世の中にはいっぱいいる。お互いにしなくて済むようなカップルだったら、それでいいのだろう。けれど一樹は健康なのだ。もっと性的に貪欲であって欲しいと、浩之に対して内心は思っているだろう。

期待に応えられないのは、浩之にとって辛いことだ。長時間、抱き合うことは許されない。激しい運動は命取りだった。だからこそ、一回、一回を大切にしたいと思っている。

浩之はバスタブに湯を張って十分に温まると、入り口の部分を中まで丁寧に洗った。そのための道具は、一樹に知られないようにこっそりと通販で買った。

恥ずかしいけれどこれが愛されるためのマナーだ。

綺麗にすると、下着は着けずにバスローブだけの姿で部屋に戻った。

テレビは消えていた。部屋は真っ暗で、窓からはビルの屋上に設置された、航空障害灯の赤い瞬きばかりが目に付いた。

月はまだはるか上空にあり、窓から見える位置まで下がってきてはいない。

一樹は布団の中に潜り込んでいる。浩之はバスローブも脱ぎ捨て、その横に体を滑り込ませた。

言葉もなくキスになった。

自然に一樹の指はその部分に添えられていく。そして柔らかさを指先で確認すると、唇を離し一樹の体は下へと移動していった。

「あっ！」

足を抱えられたと思ったら、そのまま肩に付くくらい曲げられた。そんな体勢は初めてだったので、浩之は恥ずかしさから身を固くする。

「あっああ、だ、駄目、駄目だ、そんなことしたら」

その部分に一樹の唇が触れて、浩之は悲鳴を上げる。

「しっ、静かに、落ち着いて……どうってことないだろ。せっかく綺麗にしたんだから」

「は、恥ずかしいよ」

「いつももっと恥ずかしいことしてる。だから……この程度のことは、恥ずかしいうちに入らない」

そのまま一樹は強引に行為を続けてしまった。

「あっ……」

柔らかな舌が、まるで子猫を舐める母親のように、丁寧にその部分を舐めていた。そんなことを一樹にさせているのかと思うと、罪深く感じて萎縮してしまう。

「リラックスしてくれ。愛し合ってるなら、普通のことだよ」

「んっ……うん」

そうだ、愛し合っているのだから、罪深く考えることはない。こんな献身的な行為をしてくれるのは、一樹だからなのだ。他の誰も、浩之にこんなことまでしてくれない。

「あっ……」

浩之の体にも変化が訪れる。いつもは興奮するだけで怖くなってしまうのに、今夜は素直に喜びに浸れた。

こんなことまでしてくれる一樹の愛に報いたい。

愛されていることを最大限に楽しむことこそ、愛に対する返礼だろう。

「あっ……いいよ……凄く……気持ちいい」

「いいか……よかった」

そのまま一樹の口は、浩之の性器に移動していく。

「どうしたの……今夜は……してくれるばっかりだ」

「可愛がりたい気分なんだ」

「んっ……んんっ……ああ」

拍動はどんどん速くなっていく。けれどそれは生きている印だ。

手術の後、病室で目覚めた時、生きている喜びを最大限に味わった。ああ、まだ生きている。もう一度、一樹を愛してもいいのだと思ったあの瞬間の感動は、今でも忘れない。

愛のために許された時間は、後どれくらいあるのだろう。この一瞬、一瞬が、大切に思われた。

「あっ……ああ、いい……気持ちよくて……溶けていくみたい」

夏の海で、波打ち際に横たわっているみたいだ。打ち寄せる波が体に当たる度に、くすぐったくて笑っていた。

あの幸せな時間に似ている。

「一樹……」

一樹の艶やかな黒髪を撫でた。

「一樹……一樹……あっ……」

興奮を長引かせるようなことはしない。思うまま、感じるまま、すぐにいってしまった。

あまりにもあっけなかったかもしれない。だが、これからもずっと愛し合うために必要なことなのだ。

「落ち着くまで、じっとしてろ」

そう言いながらも一樹の指は、その部分にゆっくりと侵入してくる。

「んっ……」

ついに待っていた瞬間が訪れた。一樹はまるで触診するかのように穏やかに、浩之の中を指で探っている。

「俺達、何を怖がっていたのかな……」

「えっ……」

「傷つけるんじゃないかって、そればかり心配してた。本当は、こういうこと、したくないんじゃないかとも思ったし」

「やり方、よく分からなくて……」

とても簡単なことなのだ。なのに戸惑いがここまで進展を引き延ばしていた。

一樹はすでに用意していた潤滑剤のゼリーを、枕の下から取り出す。

「やる気満々って感じで、少し恥ずかしいんだけどさ」

「いいよ。今日まで待たせてごめんね」

「んっ……待ってる間も楽しかったよ」

指先に付けられたひんやりとした潤滑剤のゼリーが、浩之の体内に入ってくる。そして一樹は興奮した自分のものにコンドームを被せ、そこにもたっぷりとゼリーを塗り込めた。

「どうやったって、気持ちいいのは同じなのにな。人間って……欲深い生き物だ」

先端を入り口に押し当てて、一樹はしばらく躊躇する。この行為が浩之の肉体にどれだけのダメージを与えるのかと、つい心配してしまったのだろう。

浩之を俯せにすることもなく、一樹は足を抱えて自分の体に引き寄せ、そのまま侵入しようとしていた。じっと見下ろされて、浩之は羞恥から目を閉じる。

「ありがとう、浩之。何もかも俺に与えてくれて……嬉しいよ」

「……僕のほうが、たくさん貰ってる」

量ることも出来ないほどの愛を、浩之は貰っている。けれどそのお返しに、肉体のすべてを与えているわけではない。

共に一つになりたいからだ。

「うっ……」

滑らかに入ってきたのだろうが、やはり異物感は大きい。一瞬、痛みを感じたけれど、すぐに浩之は全身の力を抜いて耐えた。

「んっ……んんんっ……どう、辛くないか?」

不安そうな一樹の声が聞こえてくる。

「平気……大丈夫だから……動いて……いいよ」

「ありがとう……包み込まれてる感じで……気持ちいい……」

そろそろと一樹は動き始めた。すると全身がぞわぞわと落ち着かなくなってくる。体の奥に、何か別のものが隠れているかのようだ。

「んんっ、最高、気持ちいいよ、浩之。これ、病みつきになりそうだ」

一樹の声が掠れている。動きはどんどん激しくなってきて、それがそのまま一樹の興奮の度合いを示していた。

「ああっ……気持ち……いい。浩之、ごめんな……俺ばっかり気持ちよくて。奥に、当たると気持ちいいところがあるんだ。前立腺……上手く当たったら、教えて」

「んっ……うん」

自分を見失うほど興奮するのは、まだ怖かった。だからじっとしていたが、それでは一樹が楽しめないかもしれない。

快感の演技なんて、したくはなかった。ありのままの姿で、一樹と愛し合いたい。目を瞑って、逃げていては駄目だと思い浩之は目を開ける。すると眼前に、苦しげな一樹の顔があった。

目が合うと、一樹は笑う。その息は荒く、遠くまで泳いで戻ってきた時のようだ。甘い苦しみは、一樹の目を時々閉じさせる。恍惚《こうこつ》としたその表情を見ているだけで、浩之はたまらなく幸せな気持ちになっていた。

「あっ、ああ……いいよ、浩之。んっ……んん」

一樹の動きがどんどん速くなっていく。もう終わりにしてしまうつもりなのかと、浩之はすまなさで一杯になった。

もっと楽しめる筈だ。なのに一樹は、浩之の負担を考えていつも先を急いでしまう。

「もっと……ゆっくりでいいよ」

優しく声を掛けたら、一樹に笑われた。

「余裕……ない……」

「えっ……」

「気持ち良すぎる……から」

生き生きとした一樹の興奮した様子に、浩之の心も熱くなる。けれど浩之の肉体は静かなままで、それが一樹には多少不満そうだった。

「浩之は……気持ちよくないのか？」

「初めてで何もかもは無理だよ。急がないで、いつか追いつくから」

「んっ……そうだな。ありがとう、浩之……愛してるよ」

終わらせるためには、激しさが必要だ。荒れた海の波のように、一樹の体は何度も浩之に打ち付けられた。間隔がどんどん短くなり、一樹の全身から力が抜けて、熱い体が覆い被さってきた。浩之はしっかりとその体を抱き留めた。

すると一樹は情熱的なキスをしてくる。そして浩之を腕に抱いて、大きな安堵の吐息を漏らしながら横たわった。

一樹の手は、そのまま浩之の体を優しくまさぐっていた。性的な興奮とは違う、満ち足りた気持ちに浩之は包み込まれていく。こうして抱かれていると、真夏の海に浸っているようだ。一樹の腕は、浩之に幸せな過去を思い出させる。

父との約束は果たせなかったが、幸福な記憶だけは残った。一樹との約束は絶対に叶えたい。そして幸せな記憶を、たくさん積み重ねていきたかった。

「一樹は波みたいだ……」

裸の逞しい胸に手を置いて、浩之は呟く。

「波か？　今はフラット、べた凪《なぎ》だな……」

苦笑しながら、一樹は肌掛けを引き寄せ、浩之の体を包んでくれた。

「思ってたより、ダメージがなくてよかった」

「んっ……」

「心臓は……」

浩之の胸に耳を寄せて、一樹はしばらくじっとしている。すぐに一樹は安心するだろう。浩之の拍動は穏やかになっている。

「よし……安定してる。どうってことなかったな……不安になることはなかったんだ。これまでずっと恐れてたのは何だったたんだろう」

「そうだね……」

「セックスレスのカップルだったら、二十年掛かる回数、一年でやればいいんだ。そうすりゃ、同じことさ」

同じようなことを、浩之も思っていた。

たとえ一緒にいられる時間が短くても、日々が充実していればいい。思い切り愛し、愛されて過ごせれば、それだけで浩之は満足だった。

「今日は上手くいったけど、体が辛かったら、無理しなくていいから。どんなふうにやったって、意味は同じさ。浩之は……俺に喜びを与えようとしてくれてる。そうだろ？」

「喜んでくれてる？」

「ああ、喜んでる。今夜は……ありがとう。幸せな夜になった」

「もう一度……してもいいよ」

優しく撫でていた一樹の手が、その一言で止まった。

「受け入れるだけだから、そんなに負担じゃないんだ……。体の中に、一樹が入ってくるのを感じるのは好きだよ」

「いいのか……遠慮しないぞ」

「んっ、いいよ」

求められるなら、何度でも受け入れるつもりだ。ただし肉体がその情熱を支えられるかが問題だった。

「横向いて、ゆっくりやろう。無理しないように」

浩之の体を横に向けると、足を持ち上げてその部分に一樹は指を添えてくる。

一度一樹を迎え入れた部分はほどよく緩んでいて、苦もなく二本の指を迎え入れた。一樹は安心したのか、再び枕の下からコンドームを取りだした。

「自分でも嫌になる。何でこんなに性欲があるかな」

「健康だから……しようがないよ」

「健康だけじゃないさ。こういうのは個人差があるらしいが……」

「前からそうだった?」

背後から浩之に侵入しようとした一樹の動きが、その一言で止まる。

「いや……こんなに酷くなかった。そうか……性欲は愛情に比例するのか」

一樹は笑い出したのだろう。浩之に小刻みな震えが伝わってきた。

「浩之だから……こうなるんだ」

項《うなじ》に息が掛かったと思ったら、続けて優しく吸われた。ぞくっとした快感に、浩之もまた身を震わせる。

「ねぇ……いくより、一樹にこうして触られてるのが好きなんだ」

浩之は正直に思いを伝える。すると一樹は、甘く浩之の肩を噛んだ。

「分かった……ずっと、弄《いじ》り回してやるから……」

「んっ……うん……」

優しく浩之の体を愛撫しながら、一樹は再び浩之の中に入ってくる。

「いいうねりだろ？　早く春が来ないかな……。沖縄行って、波乗りしたい。そして二人で、海沿いをドライブだ」

「んっ……」

「休み取るから……誰にも邪魔されないで、二人きりでいよう……」

「んっ……でも、ゴロが可哀そうだね」

「……大丈夫さ。誰かに留守番頼むから」

一樹の唇が、浩之の項に触れる。熱い吐息は真夏の風を思わせた。

「愛してるよ……浩之」

「んっ……」

この瞬間、世界が止まってしまえばいいと何度思っただろう。けれど今は、止まらなくてもいいと思えた。

新しい思い出を作るためには、新しい時間が必要なのだ。心に浮かべる妄想よりも、現実のほうがはるかに素晴らしいということを、浩之は知っているのだから。

月曜だというのに、朝から幸せな気分だ。特別な週末は素晴らしかった。何より嬉しかったのは、浩之が喜びを分かち合おうと積極的になってくれたことだ。

問題患者だった亜美も、金曜に退院している。結局、担当医にならなかったが、そのせいなのか亜美は精神神経科の治療は拒否した。

それならそれで仕方ない。医師は治療を押し売りするわけにはいかないのだ。退院してその後どうするかまで、医師が心配することではなかったし、一樹にとって亜美はあくまでも面倒な患者でしかなかった。

「ちょっと、ここの部分の腫瘍かな、気になるのでもう少し詳しい検査をしたいと思います。それで担当は、消化器系内科の先生に代わりますから、もし今日、時間があるようでしたら、このまま続けて検査に入ります」

胃の不調を訴えてきた、四十代の男性患者に説明して、相手の意向に従い一樹は検査の指示を出す。投薬だけで済むような病気だったら即座に処置するが、疑いのある病気は専門医に回した。

検査室へ移動する患者を見送り、次に診る患者のカルテを見て、一樹は思わず看護師に確認を取っていた。

「ねぇ。この患者、橋爪《はしづめ》先生が担当なんだけど?」

カルテには金曜まで入院していた事実が書き込まれていたから、間違いなくあの工藤亜美だ。

「風邪症状が出たということですが」

看護師は問診票を示して言ってくる。

「橋爪先生は？」

「今日はお休みです」

何もかも分かっていて、わざとこの時間に来院したと思うのは、考えすぎだろうか。本当に風邪だとしても、薬を処方するのに橋爪と相談したいところだ。退院前の検査結果を見ながら、一樹は亜美が診察室に入ってくるのを待った。

「先生、昨日は休みだったね」

いきなり元気に言われて、一樹は戸惑う。

「体温、もう一度測ってみましょう。内臓がまだ完璧に治ったわけじゃないから、薬を使って直すより、水分たっぷり取って、ゆっくり眠ったほうがいいと思うけど」

「先生、犬飼ってるんだ？」

体温計を受け取りながら、亜美はさりげなく言う。

「犬、置いたままで出掛けるの？」

さらに言われて、一樹は不快感を覚えた。

こんなことになりそうだという予感が、なかった訳ではない。患者の中には、医師に対して特別な感情を持ってしまうものもいることを、一樹は経験から知っていた。

浩之とそうなる以前にも、そういった問題はあった。病院という閉ざされた空間で、毎日同じ顔を見る。そうしているうちに、自分のことを親身になって心配してくれる医師が、恋愛の対象となってしまうのだ。

若くて独身、それも一樹がトラブルを招き寄せる要因だろう。

浩之も一樹に対して恋愛感情を抱き、強く依存した。それを受け入れたのは、一樹もまた謎めいていて、儚《はかな》げな浩之に惹かれたからだ。

相思相愛だったから、浩之とは上手くいった。けれどそういった感情を抱くことのない患者から、一方的に思われるのは、はっきりいって迷惑以外の何ものでもなかった。

特に亜美のような、精神的に危うい患者だと困る。一樹の対応次第では、また安易に自傷に走る可能性もあるからだ。

それだけでなく、他者を傷つけることを心配しなければいけない。

浩之とゴロのことを、一樹は真っ先に心配しなければいけなくなった。

「熱はないな。風邪症状といっても、薬物の副作用の可能性があるから、明日、橋爪先生の診察をもう一度受けてください。肝臓が弱っているから、抵抗力もなくなっているので、無理はしないように。薬はそのまま、出されたものを飲んでおくように」

「日曜の夕方まで、帰ってこなかったね。犬が可哀そう」

「心配してくれてありがとう」

もう診察は終わりだ。熱もなければ、喉の腫れもない。明らかに詐病だと感じて、一樹はそこで診察を打ち切った。

なのに亜美は椅子を立とうとせず、笑顔で一樹を見つめている。

「今日の診察は終わりです」

席を立つように促しても、亜美は立とうとしない。看護師が気付いて、手を添えて亜美を立たせようとした。すると亜美はその手を邪険に振り払い、勢いよく立ち上がって出口に向かう。その動きはどこか異様だった。

「すまない……ちょっと電話してくる」

急いで診察室を出ると、一樹は家に電話していた。

こんな電話などしたくないが、何かあってからでは遅すぎる。幸い、浩之は家にいて、すぐに電話に出てくれた。

「なぁ、ゴロの様子、変わったところない？」

『元気だよ……何かあった？』

不安はすぐに伝染する。出来れば浩之にストレスを与えたくなかったが、黙ったままではいられなかった。

「ゴロ、玄関のほうに入れておいてくれないか？　それと……うるさく吠《ほ》えても、外に出ないで中から様子見てくれ」

『……分かった。留守の間、うるさく吠えて迷惑掛けたの？』

「いや、そうじゃないけど、安田《やすだ》さんのおばあちゃんにでも会ったら、それとなく訊いておいて」

一番近所が安田さんの家だが、広々とした畑の向こうにある。安田家にも犬が飼われているから、ゴロがどう吠えようが気にするような家ではない。頭のいい浩之だ、すぐに何かあったと察してくれるだろう。

再び診察室に戻り、午前中はそのまま診察を続けた。そして休憩時間になって、いつものように食堂に行ったものの、何か引っかかって食欲もわかない。温かいほうじ茶のペットボトルを手にしてぼんやりしていたら、いきなり肩に手が触れて、慌てて振り返るとそこに珍しい顔があった。

「どうしたのよ、そんな顔して？　浩之君の調子が悪いの？」

かつて惨い振り方をした元恋人の遠野純子が、笑顔で立っていた。

「あ、ああ、いや、そうじゃないけど。浩之は、元気だよ」

恋人を男に奪われて、純子はどれだけ傷ついただろう。性格がさっぱりしているのが気に入っていた。一樹にとってはただの恋人というより、同志であり友達であり、姉のような存在だったのだ。

浩之のことがなかったら、たとえ関係を清算してしまっても、普通に付き合えただろうと今でも思っている。

「何も食べないの？　ランチ、売り切れるわよ？」

そういう純子は、珍しくランチボックス持参だった。

「弁当？　どうしたんだ、純子先生」

もう純子と呼び捨てには出来ない。だから下にわざと先生と付けて呼んでいた。

「あたしがお弁当なんて作ると思う？」

「思わない……」

「そうよね……思わないわよね」

純子はわざと見せびらかすように、ランチボックスを開いて見せた。すると中には、彩りのいい野菜とハムや鶏肉がバランスよく入っていた。

「あたし、これ作ってくれた人と結婚するの」

「……」

純子はおいしそうに食べ始める。その様子を見ていた一樹は、ずっと喉に引っかかっていた魚の骨が、するりと取れたような開放感を味わった。

「そう、おめでとう……よかった」

「ほっとした？　相手は、いつも二人で行ってた、イタリアンレストランのオーナー、あたしより十三歳も年上、バツイチで高校生の子持ち」

「……いや、純子先生だったら、それくらい年上でもいいよ。仕事は、辞めるつもり？」

小児科医としての純子は、もっと評価されるべきだと一樹は思っている。専門は小児アレルギーだが、どんな症状の患者に対しても真摯に対応していた。

「辞めないのが条件……生き生きと働いている女性が好きなんですって」

「そうか……いや、よかった……いい相手が見つかって……」

「分かりやすいわね、相沢君って」

けらけらと純子は楽しそうに笑う。その様子を見ていたら、一樹はやっと空腹を覚えた。

だが混み始めた料理販売のカウンターに向かわず、そのまま純子につい心配事を打ち明けてしまった。

「患者にロックオンされたんだけど……」

「また？　浩之君で最後じゃなかったの」

純子は辛辣《しんらつ》で、いつでも手加減なんてしてくれない。ずばりと言われて、一樹は苦笑するしかなかった。

「自傷する子なんだけど……精神科に行かないんだ」

「いい人のふりをするのは、止めておいたほうがいいわよ」

「する気はないよ。どうやって避けたらいいかな」

「担当してるの？」

「いや……してない」

大規模でもないが設備は充実していて、新しい病院だからなのか権威主義でもない、ここはとても気に入っている仕事場だ。トラブルで移動になるのはごめんだった。

「家までチェックされた。どうしたもんかな」

「それは大変ね」

純子はフォークを動かす手を止めて、じっと一樹を見つめた。

「女の子？」

「ああ、子供じゃなくて、もう十分に大人の女性だよ」

「今、空いてるわよ」

いきなり純子はカウンターを示す。一樹がランチを買っている間に、何か考えておくつもりなのだろう。

列に並んだ一樹は、高木が疲れた様子で食堂に入って来たことに気がついた。

「高木、何がいい？　一緒に頼んでやる。ただし奢りじゃないぞ」

「すいません。ランチ、間に合ったかな」

ここの日替わりランチは、いつでも安くてボリュームがある。貧しい研修医にとって、救いの昼食だった。

「今日はショウガ焼きに海老フライ乗せか……二つ、お願いします」

配膳のスタッフは、相手を見てご飯の盛りを変える。一樹と高木には、たっぷりと盛られていた。

「一緒に食べよう。勉強になるぞ」

高木を伴って純子の元に戻ると、いろいろと考えてくれていたのだろう、純子のランチはちっとも減っていなかった。

「高木も連れてきちゃった」

純子の横に一樹が自然な感じで座ると、高木は一瞬、照れたような顔をした。たいして化粧もしていないのに、純子は綺麗だ。先輩として尊敬しているだろうが、女として見てしまうのはしようがないだろう。一樹にも身に覚えがあるだけに、ここは苦笑いするしかなかった。

「例の自傷患者にロックオンされたんだ。昨日、家に来たみたいでさ」

さりげなく一樹は、高木をもこの話題に巻き込む。一緒に治療に当たり、亜美のことを知っている高木の意見も聞きたかったのだ。

「それってストーカーじゃないですか？」

「そうよ、高木君も熱心だから、そのうち経験するかもね」

「熱心って？」

高木には純子の言葉の意味が、よく分からなかったようだ。そこで純子は、熱心な医師がかかり切りで治療に当たると、個人的に自分に対して好意があるのだと、勝手に誤解してしまう患者の事例を説明し始めた。

「あたしも以前、患者のお兄さんっていうのに、ロックオンされて大変だったわ」

小児科となると、そういう勘違いをする患者はいないが、親族となるとまた別だ。純子はこの病院に来る前に、警察沙汰になる酷い目に遭っていた。

「そうか……診察にクレーム付けられるだけじゃないんですね」

高木は神妙な顔をしながら、ランチを食べている。

「俺は、こうやって話が出来るから救われてるが、彼女には話す相手もいないんだ。また感情が高ぶって、自傷に走られても困るが、精神科の治療を拒んでるし」

命の不公平について、一樹はここでまた考えてしまう。バッテリーパックのように、命を取り外して移動出来るのなら、どんなに素晴らしいだろう。

「母親とはどうなの？」

純子が得意とするのは、病気に罹《かか》った子供を持つ親の心のケアだ。辛抱強く話し相手になってやる純子の姿勢に、一樹はいつも頭が下がる。

「絶望的だよ。母親はとうに匙《さじ》を投げてる」

付きまとわないようにと母親に言ったところで、一樹の考えすぎだと笑われるような気がする。あの親子は、自分達が間違っているとは決して思わないのだ。

「警察に言っても駄目なんですか？」

高木の初歩的な質問に、純子が苦笑いしながら答えた。

「女性のあたしだって、事件にならないと守ってもらえないのよ。警察に言っておいたほうがいいのは、実際に事件になった時に、すでに報告されていると処理がスムーズに運ぶっていうだけよ」

「そんな……それじゃ、自分の身は自分で守れってことですか？」

「そういうこと」

純子は淡々と話しているが、狙われていた当時はかなり辛い思いをしていたようだ。滅多に弱音を吐かない純子が、その話をする時だけは心なし声が震えていた。

「あたしは勤務先を変えて逃げたけれど、相沢君はそう簡単に逃げられないものね」

「さっさと興味を他に移してくれればいいんだけどな」

高木の皿に、海老フライ一本を移してやりながら、一樹はため息を吐く。

「相沢先生、大丈夫ですか？」

海老フライを恩義に感じたわけでもないだろうが、高木は心底心配そうに訊いてきた。

「男だからね、自分の身は自分で守れるが、家の犬の話をされてぞっとした。人間が大好きな犬だからさ、毒餌でも貰ったら喜んで食べるから……」

こんな心配は杞憂で終わって欲しい。浩之とゴロには、安心して家で過ごしていて欲しかった。

ゴロを一日留守番させたことで、浩之は罪悪感を覚えた。浩之が来る前は、一樹が宿直の時は留守番をさせられていたのだから、慣れているんだと分かっていても、寂しかっただろうと胸が痛む。

そんな時に一樹から変な電話があったから、浩之はそのままゴロを連れて散歩に出掛け、帰り際に唯一のご近所である安田さんの家に向かった。

農家の安田さんからは、よく野菜などを貰う。浩之が母親を強盗に殺された事件のことは知っていて、身寄りのない病身の浩之を、一樹が同情して引き取ったと思っている。二人の関係が特別なものだと知らないから、時折お婆さんに嫁さんはまだかと言われた。

今日もいい天気なので、お婆さんは外で小さな畑の世話をしていた。そこに植えられているのは自家消費用で、見かけの悪い野菜などもなっている。

「こんにちわ」

大きな声で話し掛けると、お婆さんはすでに浩之が近づいてくるのを知っていたのか、大根を二本抜いて渡す用意をしていた。

「大根さ、もってけ。前んのは、もう食ったやろ」

「ありがとうございます」

ゴロは嬉しそうに、お婆さんに向かって盛大に尻尾を振っている。

「昨夜、留守にしてたんですけど、ゴロうるさくなかったですか？」

家に入ってテレビを点けたり、家族が集まってくれば、お婆さんだって犬の鳴き声は気にもならないだろう。ましてや畑を挟んだ先の隣人だ。無駄だと思って訊いたのに、とんでもない返事が聞こえてきた。

「ああ、ピンクの軽自動車がよぅ、何度もやってきて、そん度、吠えてたが」

「ピンクの軽自動車……」

やはり一樹に何か問題が持ち上がっていたのだ。軽自動車に乗った客が、何度も家を訪れたということなのだろうが、ではその客とは誰なのか。

「こんだ畑ん中に、車止めておけば、すぐに分かるさ。お客さんだったのけ？」

「手紙とか、入れといてくれるとよかったんですけどね。留守電にも何も入ってなかったから……すいません、教えていただいて助かりました。ありがとうございます」

丁寧に頭を下げると、まだ話したそうにしているお婆さんから大根を受け取り、浩之は家に向かった。

何かが引っかかる。一樹が時折物思いに沈んでいるのは、昨日の来客が原因だろうか。

それにしてもゴロを玄関に入れろという意味が、どうしても分からないままだ。

病院内で患者との間にあったことを、一樹は決して話さない。個人情報は、たとえ身内でも話さないのがルールだからだ。

トラブルに巻き込まれていなければいいがと思いながら、家に帰ってきた浩之の足は止まった。

家の前にピンクの軽自動車が止まっていて、髪の長い痩せた若い女性が、家の中の様子を窺っていた。

ゴロが激しく吠え出す。どうやらゴロにとって彼女は、あまりいい印象ではない人間らしい。滅多に人に向かって吠えない犬なので、殺気だって吠える様子は異様だった。

「何かご用ですか？」

先に浩之から声を掛けると、女はじっと浩之のことを見据える。

「先生が帰れないみたいだから、犬にパンを持ってきたの。あなた、ペットシッター？」

淀みなく答える様子は自然だったが、この家に浩之がいることは知らなかったらしい。

「食事はちゃんと与えてますので、ご心配なく……」

確かにその手には、ベーカリーの袋が握られていた。中には様々なパンが入っているが、犬にとって人間用のパンをそのまま与えられることは、あまり好ましいことではない。

「先生、今日は帰るでしょ。あなたはすぐに帰るの？　留守番だったら、わたしが代わるけど」

どうやら勝手にペットシッターに認定されてしまったらしい。浩之はどう返事をしたらいいのだろうとしばらく考えていたが、やはり正直に思ったまま言うしかなかった。

「あの……他に用がないようなら失礼します」

そのまま浩之は家に入ろうとしたら、女が慌てた様子で声を掛けてくる。

「やだ、もしかしてこの家の人なの？　似てないけど、先生の弟さん？」

「失礼します」

ゴロがギャウギャウ吠えているので、それを幸いと浩之は玄関の鍵を開けて入った。そしてドアを閉めると、中からしっかりと鍵を掛けた。

すると追いかけるように、ドアが激しくノックされた。

開けてはいけない、ここはしっかりと家を守り、何があっても闖入者《ちんにゅうしゃ》を無視すべきだ。そう思って無視しようとするが、ドアを叩く音はどんどん激しくなっていった。すると負けじとゴロも吠え出す。

「……ゴロ、落ち着け」

玄関の床に座り込み、ゴロを抱いて落ち着かせようとしたが、そのうちに浩之は、いつもより激しい鼓動を感じ始めた。

ドアを叩く音、そして闖入者。

思い出したくないことに、記憶が繋《つな》がってしまった。

母を襲《おそ》った強盗も、あの月の明るい夜、望まないのに家に押し入ってきたのだ。中にあの女を入れてはいけない。この音は不幸の音だ。入れたら最後、すべてが壊されてしまうと思って、浩之はゴロを抱いてじっとしていた。

そのうちに女は諦めたのか、ドアを叩く音は止んだ。けれどいつまでも、車のエンジンがスタートする様子はない。そこで浩之は、レースのカーテンが引かれたリビングに足を運んだが、ぎょっとして足を止めた。

カーテンの向こうに、女のシルエットがはっきりと映っていた。カーテン越しに、女は中の様子を窺っている。いったい何を見ようとしているのだろう。

一樹に電話をしたくても、もう午後の診療時間は始まっていた。

他に頼れるような人はいない。浩之はこれまで二十七年間生きてきて、自分がいかに閉鎖的に生きていたかを思い知る。

友達と呼べるような人間は少なく、頼れる人間もほとんどいない。すべてを一樹に依存していることに、今更ながら強く感じた。

拍動はどんどん速くなり、時折、わざとのように遅くなったりもし始めた。鈍い痛みがあり、冷たい汗が流れてきて、浩之は廊下に座り込む。するとすぐにゴロが、浩之を守るようにその膝に乗ってきた。

「ああ……大丈夫だよ、ゴロ……」

これは雷だ。一瞬荒れて、すぐに遠ざかる。雷雲が消え去るのを、静かに待てばいい。

それともあの女は、一樹が帰るまであそこにいるつもりなのだろうか。

こんな時に、自分の車があれば簡単に逃げ出せるのにと思った。

「免許……取ろう。……母さんの車があるから……」

車があれば、いつでも好きな処に行けると思ったけれど、では何処に行くつもりなのだろう。

浩之が本当に帰りたい場所といったらこの家しかない。そこからどうして浩之が、ここそ逃げ出さないといけないのかと思った。

「そうだな……僕が出て行くことはないんだ」

家を守らないといけない。強く意識した途端に、胸の痛みは軽くなり、拍動も落ち着いてきた。浩之は立ち上がり、リビングのカーテンを開きに向かった。

「何か用なんですか?」

窓を開き、庭に入っている女に向かって話し掛ける。すると女は、鮮やかな嘘を吐いた。

「先生に遊びにおいでって誘われたの。帰ってくるまで、中で待たせてくれない?」

そんな話は聞いていない。一樹は決して隠し事をしないから、来客があるなら必ず浩之に告げていた。

「何も聞いてないので、入れるわけにはいかないです。名前、伺ってよろしいですか」

「工藤です。あなたは？」

答える必要はないと思って、浩之は押し黙った。

「来たことは伝えます。家に入れるつもりはないので、すいませんが帰ってください」

「警戒心強いのね。今度からは、ちゃんと一樹に電話させるようにするから」

今、何と言った。

一樹と呼び捨てにしなかったか。

それは特別親しい者だけに許されることではないのか。

いったいいつ、この女は一樹とそんな仲になったというのか。

「一樹にも、今度のペットシッターは優秀だって伝えておくわ」

どうしてもペットシッターということにしておきたいらしい。この家に、一樹と親しい人間がいることが許せないようだ。

やっと女は車に向かい、乗り込んでエンジンをスタートさせた。そして乱暴な運転で、家の前から去っていった。

浩之がいなかったら、あの女はどうするつもりだったのだろう。ゴロにパンを与えて手なずけ、一樹が帰るまでここで待っているつもりだったのだろうか。

一樹が帰るのは、早くても夜の七時過ぎだ。それまで何時間も、車の中で待つつもりだったとしたら、やはりどこか常軌《じょうき》を逸《いっ》している。

多分、病院で知り合ったのだろうが、一樹はあの優しさゆえに、余計なものを引き寄せてしまうようだ。

「ゴロ、力になってくれてありがとう。もし、留守中に彼女が来ても、パンなんか貰ったら駄目だぞ」

二人にとっては、子供のような存在であるゴロが、おかしなものを食べて体調を崩したらたまらない。日中、ゴロの面倒を任されている浩之は、強く責任を感じていた。

幸せになると、狙ったように不幸というやつが忍び込んでくるらしい。それともこれまでがそれほど不幸という程ではない人生だったから、そろそろ神は試練を与えるつもりになったのだろうか。

勤務を終え、白衣を脱いだ。

その瞬間、一樹は医師ではない、ただの男に戻る。

研修医時代は、今の高木のようにほとんど白衣を脱がなかった。もちろん着替えてはいるからいつも清潔な白衣ではあったが、白衣姿でうろついていると、この病院の主なのかとからかわれたものだ。

医師は一人前になるまで時間が掛かる。どれだけ医学を学んでも、実際に患者を診なければ、すぐには何の役にも立たない知識が増えるだけだ。そう思って、ひたすら患者の相手をしてきたが、ここに来てついに捕まった。

理不尽だと思う。診療ミスだったら、咎《とが》を受ける覚悟はあった。それは医療関係者にとって、あってはならないことだったからだ。

けれど今回の問題は、一樹には何の非もない。勝手に目を付けられて、追い回されているだけだ。

駐車場の職員用スペースに駐められた、愛車に向かって歩いていた。すると背後からゆっくりと車が近づいてくる気配を感じ、一樹は自然と歩みを遅くする。夜勤の看護師が、駐車スペースを探しているのかと思ったのだ。

ピンク色の軽自動車は、一樹の歩みに合わせるように速度を落とし、あろうことか一樹の車の進行を防ぐように、真ん前で停車してしまった。

これでは車を出せない。抗議しようと思ったが、相手が誰か想像がついた時点で、一樹は言葉を失った。

「先生、ペットシッターなんて雇ってたんだ？　凄く真面目な子ね。家に入れてって言ったら、ぜんっぜん、聞いてくれないの」

「……」

何と答えたらいいのだろう。当然のように、一樹の家に入るつもりだったのだ。

純子の進言を受け入れて、事務長に事態を告げておいてよかった。さらにこの場の会話を、一樹は携帯に録音する。それも純子に教わったのだ。

「家って、どういうことですか？　招待した覚えはないんですが？」

「犬にパンをあげたかっただけ。今から帰るんでしょ？　パンをあげていい？」

「犬に人間の食べ物は与えないし、あなたに家に来て欲しいと思わないんだけど。はっきりさせておきませんか。俺はこの病院の医師で、二回、いや三回か、あなたを診察しただけですが」

「犬が食べないんなら、先生、食べて」

亜美は車の窓から、パンの袋を差し出す。一樹は受け取れない位置まで体を遠ざけた。このままずっと、ここに停車させておくつもりだろうか。そうなると帰るに帰れない。また帰ったら、執拗に後を追ってくるつもりだろうか。

「何かありましたか？」

その時、警備員が様子を見にやってきた。すると亜美はいきなりパンの袋を一樹に投げつけ、車を急発進させて駐車場を出て行った。

一樹はパンの袋を拾うと、顔なじみの警備員に渡した。

「捨てておいてくれませんか」

「差し入れじゃないんですか？」

「怪しい差し入れだから。それと今のピンクの軽自動車、職員用の駐車場に入ってきたら、注意してください」

「大変だね、先生も」

どう思われたのか知らないが、どうやら同情されてしまったようだ。一樹は苦笑しながら、やっと自分の車に乗り込んだ。そして真っ先に、浩之に電話する。

「今から帰るけど、昼間、変な女の子が来ただろ？」

一樹の言葉に、浩之は沈黙で応える。不快感をたっぷりと味わわされた筈だが、それを口にしないのが浩之だ。

「何て言ってた？」

『一樹に招待されたって……』

「してないよ。少し、心が壊れてる子なんだけど、どうやら俺に狙いを定めたらしい」

『……ゴロにパンをあげたがってて、しばらく庭にいたんだ』

浩之の声に力がない。過度のストレスが心臓に悪いことは分かっている。まさか浩之にまでこんな形で害が及ぶなんて、とんでもない誤算だった。

「大丈夫か？　すぐに帰るよ。夕飯の支度なんてしなくていいから、横になってろ」

『うん……大丈夫だよ。だけど今夜は、パンだけは食べたくない』

「ジョークが言える元気があれば、安心だな」

車をゆっくりとスタートさせながら、一樹は純子に教えられたことを脳裏に浮かべる。

防犯用の録画カメラ、小型録音装置、デジタルカメラ、それらが必須アイテムらしい。

相手は年下の女性だ。そこまでする必要はないと一樹は思ったが、純子は女性のストーカーも侮れないから、より慎重に対処するように言ってくれた。

これでは慎重に対処する必要がありそうだ。一樹の家をどうやって見つけたのか知らないが、何かと理由をつけては訪れるようになるだろう。そうなると浩之が毎回ストレスに晒《さら》されることになる。

平穏な生活がしたいだけだ。なのにどうしてこんな形で邪魔が入るのだろう。

心も体もすべて結ばれて、幸せの絶頂の筈なのに、こうしてまた浩之には苦しみが与えられるのだ。

「いや……ストレスを乗り越える、これは訓練だと思えばいい」

母親の死を前にして何も出来なかったことで、浩之は一時記憶を失った。日頃からストレスのないようにと、母親が配慮した暮らしをさせていたせいだろう。過度のストレスにあって、打ちのめされたのだ。

心も落ち着いて、死を受け入れられるようになってから、浩之は以前より強くなったと思う。それでも普通に暮らしてきた人間よりは、やはり脆弱《ぜいじゃく》なのだ。

「いや、俺のせいだ……俺のどこかに油断があったんだ」

家に向かう間も、車のライトが気になった。メイン道路を外れ、海岸へと続く道に入る。この季節でこんな時間となると、他の車と出会うことはほとんどない。いつものように自分の車だけと知って、一樹はほっとした。

車を駐めエンジンを切ると、家の中からゴロの吠え声が聞こえてきた。車を降りると、真冬の冷たい海風が一樹に襲いかかってくる。

満月を過ぎ、日々痩せていく月が頭上にある。明るさではまだ星になど負けるものかとばかりに、欠けた月が頭上で輝いていた。

「ただいま」

玄関を開けた途端に、ゴロが飛びついてくる。

「よしよし、いい子にしてたか？　明日は、俺が散歩に連れていくからな」

わしゃわしゃとゴロを撫でていたら、浩之が奥から出てきたが、やはりその顔は蒼白だった。

「お帰り……今夜は親子丼にしたんだ。あんまり手の掛かるもの作れなくて」

「十分だ。風呂に入るから……」

帰ってからすぐにハグは出来ない。一樹は逸る気持ちを抑えて、バスルームに直行した。

これはもう儀式だ。浩之をこの家に迎え入れると決めた時から、一樹なりのルールが出来上がっているが、まさに儀式といったところだろう。

着ているものを次々と洗濯機に放り込む。そんな一樹の様子を見守りながら、浩之は遠慮がちに訊いてきた。

「入院していた患者さん？」

「……ああ……」

やはり浩之には気になるだろう。浩之自身、入院中に一樹との関係を築いたのだ。また同じようなことになったらと、怯えているかもしれない。

安心させるために、一樹は医師としてのルールを破った。

「自傷の患者。市販の風邪薬、大量に飲んで救急車で搬送されたんだ」

「えっ……」

バスルームに入ると、勢いよくシャワーの湯を出して頭から浴びる。そして体を石鹸で洗い、シャンプーをしてよく流す。それからやっとバスタブに入るが、その間もずっと浩之は、バスルームの外に佇んでいた。

「研修医の高木と一緒に、飲み込んだ薬を吸い取った。それだけなのに、なぜか担当は俺じゃないと駄目だとか言い出してさ。だけど俺は担当しなかった。そうしたら今日、もう退院したのにまたやってきて、犬が可哀そうだと始まったんだ」

「自傷……自殺する気だったんだ？」

「そうらしいな。いや、正確には、死ぬふりがしたかっただけかもしれない」

湯気が室内に入るのも構わず、ドアを開けてじっと見ている浩之に向かって、一樹は笑顔で誘った。

「もう綺麗になった。一緒に入る？」

「え、いいよ。今からだと湯冷めするし、ごめん……開けっ放しで寒かったね」

一樹の顔を見ずにはいられなかったほど、それだけ不安だったということだ。そこで一樹は、去ろうとする浩之の背中に声を掛けた。

「ベッドで横になって待ってろ。別に、やりたい訳じゃないけど……」

「……分かった」

家では医師の顔をしない。そう決めていたけれど、こうなると事情が違う。膨らんで伸びきった心臓を、縫い縮めているのだ。縮めたからといって安心は出来ない。また際限なく膨らんでいく可能性もあるのだ。

最終的には心臓移植となるのだろうが、出来ることなら今のまま健康な状態でいて欲しかった。

ゆっくり湯に浸かっている余裕なんてない。何かが後ろから追いかけてくるような気がして、一樹は急いでバスタブから上がると、ルームウェアに着替えた。

寝室は薄暗く、オリエンタルなスタンドが、ぼんやりとしたオレンジ色に灯っているだけだ。

浩之は一樹が来ると、もう何もかも分かっているというように、上半身裸になった。

「寒くはないな……」

少しずつ、春が近づいている。寒さの質が違ってきていて、一番寒い時期のピンッと張り詰めた冷気はなくなった。冬はどんどん居場所を失い、今では早朝に霜柱を生み出すくらいになっている。

日中に籠もった熱気と、夜になって点けられた暖房の熱気が混じって、寝室は居心地のいい暖かさになっていた。

一樹はバッグから聴診器を取りだし、浩之の胸に押し当てる。

安定した拍動を聞きたいと願った。けれど期待は裏切られ、不安定な拍動が聞こえてくる。あまりいい状態ではない。続いて脈拍を調べ、ついには血圧計まで取りだした。

「いつからここが診察室になったの？」

「俺のせいだ……ごめんな」

楽しいことで興奮する時は、こんなふうに拍動は乱れない。浩之は不安を悟らせないように努力してしまうから、余計に内にこもってストレスになってしまう。

「何で一樹が謝るんだ？　治療をしただけなのに……」

「どこかに付けいる隙があったんだろうな」

「そんなことないよ……雛と同じなんだ。目の前にいる誰かに、縋り付く。僕も経験があるから分かる。だけど僕は、その後で……こうやって救われたけれど」

そこで一樹は、浩之をしっかりと抱きしめた。

「ああいうことする人間って、思考回路がよく分からない。浩之、不安なら自分の別荘にしばらく帰るか？」

「どうして？　そんなのおかしいじゃないか」

本気で怒ったのか、浩之は一樹の体を押し戻して抗議する。

「何で僕が逃げないといけないんだ？」

「ストレスは体によくない。ゴロを連れていってもいいし、俺もそっちに帰るから」

「同じだよ。ここにいなかったら、どんな手を使ってでも見つけ出す。そういうものじゃないのかな」

浩之にシャツを着せてやりながら、一樹は頷くしかなかった。

どうやってこの家を調べたのかも分からない。確かに大学時代からもう十年も住んでいるので、一樹の住まいを知っている人間もかなりいるだろうが、誰かに聞いて回ったのだろうか。

「僕はここにいるよ。安心して、今日は少し動揺したけど、次からはもう大丈夫だから。

それよりご飯にしよう。親子丼、卵入れて、とじるだけになってるんだ」

「ああ、そうだったな」

立ち上がろうとする浩之をもう一度抱きしめ、一樹は思わずキスしてしまう。すると浩之の手が優しく背中に絡んできて、ルームウェアをぎゅっと握った。

「そんなに心配しないで。それよりあの人に、誰かが現実を教えてあげないと、いつまでも夢の中に閉じこめられていては可哀そうだよ」

「閉じこめられている……そうか……そうなんだろうな」

浩之の言葉で、亜美の状態が分かったような気がした。

みんなにとっては現実のこの世界が、亜美には夢の中のように思えるのだ。だからどんなことを言われても聞かないし、自分の思うようにしようとするのだろう。

何とか精神神経科に行って欲しかったが、母親を説得しようにも電話に出ない。今のところ為す術がない。

「ねぇ、いつまでもそんなことばかり考えてないで、楽しいこと考えようよ。じゃないとしりとり始めるからね」

「しりとりは……嫌だ。すぐに負けるからな。よし、飯にしよう」

ダイニングに戻ると、浩之はすぐにキッチンに入って、卵を割り始める。青ざめていた顔色もよくなってきたのは、やはり一樹が側にいると安心するからだ。

「まだ混んでるだろうけど、免許取りに行くことにした。明日、申し込みしてくる。県道まで行けばバスが来るから」

「そうだな……」

冷蔵庫からノンアルコールのビール風飲料を取りだしながら、一樹は頷く。むしろ浩之が昼間ここにいないほうがいい。教習所に行くことは楽しい刺激だから、ストレスの解消にもなるだろう。

「明日だけでも送って行こうか？　あ、早すぎるか」

「そうだよ。一樹の出勤時間じゃ早すぎる」

すぐにテーブルに親子丼が運ばれてくる。それに味噌汁だが、浩之のはほとんどすまし汁に近い。

「旨そうだ。いただきまーす」

「いただきます」

いつものように静かな夕食が始まる。玄関でゴロが落ち着きなく動いているのは、この後で自分の食事になるからだ。

ところがいきなりゴロが激しく鳴きだした。

「トイレかな……」

浩之が立とうとするのを、一樹は手で押さえる。

「いや……」

テレビをまだ点けていない。そのせいで外の音がはっきり聞こえた。こんな時間なのに、車が近づいてきている。

この寒い季節でも、たまに夜のドライブで海に立ち寄るカップルもいるから、全く車が通らないという訳ではないのだ。けれど明らかにその車が、一樹の家の前で速度を落とし、あろうことか停車したので、ますますゴロの鳴き声は甲高くなっていく。

「なぁ、吸血鬼のルールって知ってるか?」

あまりにもおいしい親子丼の感動が、つまらないことでかき消される前にと、一樹はせっせと口に運びながら訊いた。

「知ってるよ。その家の住人に、家に入ってもいいと言われないと入れないんだ」

「誰がそんな都合のいいルール、考え出したんだろうな。それって招き入れたのは、あんたの自己責任ってことだろ?　襲いに来るくせに、被害者に責任なすりつけるなんて、どこまで卑怯なんだよ」

玄関の前には、人が立てば自動的に点灯するライトが設置されている。そのライトが稼働して、カーテンの隙間から庭がほんのり明るくなったのが感じられた。

二人はインターフォンが鳴らされるか、ドアがノックされるのかと身構えた。けれど何も起こらないので、かえって緊張してしまった。

「どうしたんだろう?」

浩之は小声で呟く。

「防犯カメラが、マジでいるな」

一樹はバッグの中の携帯電話に、どれだけ録音や録画が出来るか考える。もう動画を一度撮ってしまった。毎回これでは、やはりカメラかビデオが必要になりそうだ。

「火でも点けるつもりかな。いや、まだそこまでは憎まれてないか」

沈黙がかえって恐ろしい。だがそこで浩之が、意外なことを口にした。

「きっと、ここにいて自分の物語を演じてるんだ」

「えっ?」

「現実の一樹は、決して家にいれないって分かってる。だから彼女は今、ここを舞台にして自分だけの世界で遊んでるんだよ」

一樹にはよく分からないが、浩之には分かるのだろうか。

「ネットでしか人と繋がれなかった頃、僕も時々やった。現実とは全く違う人間になって、僕はチャットで嘘の生活を書き込んでいた。そのうち、ふとそれが本当なんじゃないかって気がしてくるんだ」

訥々《とつとつ》と語る浩之に、一樹は胸が締め付けられる思いだった。

たとえ心臓に病を抱えていても、外の世界に出て行くことはいくらでも可能なのだ。的確な治療を受け、無理なくやっていけば、浩之には自身に相応しい世界が広がっただろう。なのに母親がそれを阻害した。

同じように亜美も、母親によってなりたい自分の姿を奪われているのだろうか。けれど亜美の母親は、明らかに放置している。放置され続けたことで、亜美の中に母親を含む外部の世界への、特殊な執着が生まれてしまったのかもしれない。

「僕は現実に外に出ることがなかったから、どんなに妄想していても、実害を受ける人はいなかった。ネットで知り合って、現実に会いたいと言ってくれる人もいたけど、何だかんだ理由つけて断ってたしね」

浩之は一樹のためにお茶の用意をする。一樹はおいしい食事を終え、満ち足りた思いで温かいお茶を飲んだが、亜美は一日あのピンクの軽自動車に乗って、病院とここを往復していたのだ。

その間に、何か食べたり飲んだりしただろうか。薬の副作用も消えてはいないのに、寒い戸外に立ちつくす亜美のことを思うと、気の毒に思えてしまう。

そういった優しさが、ストーカーにはよくないと言われていても、一樹はやはり人を治したい医師なのだ。これ以上、亜美の体が弱っていくのを見過ごせない。

「母親に連絡して、迎えに来てもらうか。いや、車で来てるからな……それは難しい」

「一樹はやっぱり優しいね」

「ああ、自分でも甘いって思ってるよ。だけど病人だ。心も、体も病んでる。ほうっておけない。どうするかな。こんな時、浩之が免許あると、俺の車運転して一緒に送っていって貰えるんだが」

教習所に行くと言い出したのは、何かで役に立つことがあると思ったからだろう。これから本当に、浩之の運転に頼ることも出てくるかもしれなかった。

「電話しておくか」

一樹が携帯電話を手にして、亜美の母親に再び連絡しようとした時だった。車のエンジン音が響き、そのまま発進していくのが伝わってきた。

どうやら諦めて帰ったらしい。

「謎だなぁ……何を考えてるんだろ」

「今夜、ここで二人で過ごしたドラマが終わったんだよ。だから帰ったんだ」

「ドラマって、終わったって？」

自分が現実主義者だということを、一樹はよく分かっている。ロマンチックなことなんて、滅多に考えない。唯一、そんなチャンスをくれたのは浩之だ。儚げで、謎めいた浩之のことを、本当に人魚王子ではないかと考えて、一人赤面したものだ。

「現実じゃない一樹と、仲良くしてたんだろ。やだな、妄想って分かっていても、ちょっと妬いちゃいそう」

「どうしてそんなことが分かるんだ？」

「……好きな人としたいことがどんなことか、よく分かってるから」

そこで一樹は手を伸ばし、浩之の手をしっかり握りしめた。

「どんなことしたい？」

「一緒にご飯食べて……つまらないこと話して……抱き合って……眠りたい」

「それをすべて、ああやって外で中の様子を窺いながら、妄想して終わらせたのか？」

「そうだよ。きっとそうだ。彼女は現実を生きてないんだ。月を見ても、ペーパームーン、偽物の月にしか見えないんだよ。すべてが舞台の上のことみたいなんだ」

よく分からないにしても、これで一樹にも何とか逃げ道が用意された。相手が現実を見ていないなら、いつか夢から醒めることもあるだろう。

ドラマだっていつかは終わる。亜美の中で、一樹との物語が終わってくれるのを待てばいい。

「悲しいよね。現実に生きることは素晴らしいのに、どうして戻って来られないんだろう。生まれ変わりたくて、彼女は何度も死を経験するんだ。だけど死すらも偽物にしてしまうから、本当に死ぬことの怖さが分からない」

自分の人生と重ねて浩之は亜美のことを語る。この分析が当たっているのかどうかは分からないが、ぜひ亜美の母親に聞かせてやりたかった。

県道まで歩いてもそれほどの距離ではないが、やはり体調のよくない時には堪える。教習所のバスの通過時間を聞いて、それに合わせてやってきた。そしてバスが見えてきたら、教習所の名前を大きく書いた紙を目の前にかざした。

するとバスは浩之の前で停まってくれた。

「ありがとうございます」

初老の運転手に礼を言うと、にこやかな返事が聞こえた。

「今度から、ここで乗るの？　んじゃ、気ぃつけてないとな。見逃すからよ」

「はい、お世話になります」

バスの中には、高校生らしい若者数人と、主婦らしき女性が乗り込んでいた。きっとこれから何度も会うのだろうと、浩之は軽く会釈して空いた座席に座る。

たとえ自動車教習所でも、長い間学校というものから遠ざかっていた浩之には、特別な楽しみが感じられる場所だった。

バスの窓から見る世界は、いつもと同じ町なのにどこか違っているように感じられる。気分が高揚しているせいだろう。

教習所に着くと、やはり混み合っていた。この辺りはバス便が少ないので、車は必需品なのだ。家族全員が免許と車を持っているなどという家も珍しくない。

今はほとんどが卒業を控えた高校生だが、中には他の市から転居してきて、慌てて免許を取りに来たと職員に話す中年男性もいた。そんな中、浩之のような年齢の人間はさすがにいない。

この辺りの若者だったら、免許を取る気ならとうに取っている。そうでなくても、就職に有利になるからと、学生時代に運転免許は取ってしまうようだ。

自分は十二年間人より遅れているんだと、浩之は思うことにしている。心臓病を発病した十五歳から、世の中の動きとは違った自分だけの時間で生きていた。

今また、浩之の時間は元に戻ったのだ。

申し込み用紙に必要事項を書き入れて提出すると、受付の女性はバスのコースの紙を取りだして説明を始める。

「潮見町からだと、このコースになりますね」

「あ、すいません。住所はそこなんですが、今は、別のところに住んでます。書き直しますか？」

現住所を書くなら、一樹の家の住所を書くべきなのだろうか。そこで浩之は、不思議な気持ちになってくる。

別荘の住所に戸籍を移した。なのにそこは浩之の本当の世界にはならず、一樹の家が現実の居場所なのだ。

もし浩之が女だったら、一樹は結婚という形で、戸籍まで一緒にしてしまっただろう。けれど結婚という明確な関係もない同性のカップルだったら、どうするのがいいのか分からない。

「住民票のあるのはどちらですか？」

「潮見町です」

「では免許証はそちらの住所になりますから。今いる所はどこですか？」

「日の出町ですが」

「じゃ、バスコースはこっちになりますね。往復でなく、一方向周回なので、行きと帰りで掛かる時間が違うのはご了承くださいね」

住民票の住所と現在の住まいが違っても、事務員にはどうでもいいらしい。すぐに違うバスコースの紙を取りだして、浩之の前に置いてくれた。

最後に授業料を支払う。そこでまた浩之は、自分にいくら資産があるのか把握しきれていないことに気がついた。この授業料は、自分にとって果たして高いのか安いのか。

高額な手術と入院費を支払ったが、それ以外には何に使っただろう。生活費のほとんどは一樹が支払ってくれるから使うこともない。それではいけないと思うけれど、逆に一樹は浩之に支払わせるのを嫌がった。

運命の相手が一樹で本当によかったと思う。全くと言っていいほど欲のない一樹だから、安心してすべてを任せられる。これがもっと邪で強欲な相手だったら、浩之はとうに持っている資産を奪われていただろう。

年齢ばかり重ねても、ちっとも大人になっていない。そんな自分が不甲斐なくて、悲しくなってくる。

現実を生きるということは、夢の中にいるよりはるかに大変だ。その大変さを知っていたから母は、浩之を閉じこめてしまったのだろう。

入学手続きを終え、浩之はバス乗り場に向かう。すると来る時のバスを運転していた初老の運転手が、設置された灰皿の前で煙草を吸っていた。

「よう受付終わったかい。どこの高校？」

いきなり親しげに言われて、浩之は動揺する。いくらなんでも高校生と思われるとは、やはりショックだった。

「いえ、もう、いい大人です。ずっと病気してて、免許、取れなかったものですから」

「ああ、そうなの。何の病気？」

「心臓……です」

これまでは自分の病気のことを、わざわざ人に話すことなどなかった。いや、他のことでも自分のことなど人と話すことはなかったのだ。

それが一樹と話すようになってからは、こうして誰とでも話せるように変化した。いわゆる世間話というものが、浩之にも出来るようになったのだ。

「若いのに大変だね、で、治ったの？」

「はい……手術してよくなりましたが、まだあまり無理は出来ないんです」

病のことを話すのは、同情して欲しい訳ではない。自分を知って貰うのに、必要なことだと思うからだ。

動きがゆっくりなのも、口論が苦手なのも、長時間になりそうな行列に並べないのも理由がある。

すべては弱った心臓を守るためだった。

「雨の日とかは大変だろうけど、十分くらい余裕見て、県道に出てくるといいよ。乗るのが分かってたら、三分くらいは停車して待てるから走らなくてもいいよ」

「あ、ありがとうございます」

こうして親切にしてくれる人もいるのに、どうして母は浩之を隠したのだろう。心ない人が百人いても、一人優しい人がいれば心は救われる。

「実は、教習受けるのが凄く楽しみなんです」

浩之が笑顔で言うと、運転手もにこやかに笑い返してくれる。

「この辺りはよ、車少ないべ、だから路上教習は楽なんだよ。都心で免許取ったらさ、もういきなり渋滞の道路走らされるから、それこそ心臓によくねぇさ」

「ああ……そうですね」

「路上のコツはよ、あんまり飛ばし過ぎねぇこと。調子こいて、すいすい走らせると、教官わざと見極めくれねぇから」

「へぇーっ」

素直に浩之は、運転手の言葉を受け取った。その様子に、運転手は細い目をますます細くしている。浩之のこういった無邪気さが、人を和ませ惹き付けるのだが、本人には全く自覚がなかった。

発車時刻が近づいてきたのか、バスに乗り込む人も増えてきた。浩之も会釈してバスに乗り込む。

昨夜はあんなことがあったのに、今はとても気分がいい。むしろストレスを強く感じているのは、一樹のほうだろう。昨夜は珍しく、何もしないで眠ってしまったくらいだ。

現実世界で一生懸命生きている一樹には、偽物の世界でしか生きられない人間を理解するのは難しいだろう。

しかも厄介なことに、亜美の妄想世界は現実に混入している。巻き込まれた人間は、途惑うばかりだ。どんなに違うと説明しても、その言葉は亜美には届かない。

それとも浩之が勝手にそう思いこんでしまっただけで、亜美はもっと現実的なのかもしれない。母親を困らせたくて、わざと問題行動を起こしているだけだろうか。

バスは時折停まり、教習生が乗ったり下りたりしている。家が近づいてきて、声を掛けようとしたら、勝手に運転手は乗った場所で停めてくれた。

「ありがとうございました」

頭を下げて降りると、浩之は去っていくバスを見送った。

心が弾む。生きている充実感があった。

幸せになるのは、そんなに難しいことではない。日常の中に、ほんの少し心弾む瞬間があればいいのだ。

この幸せな気持ちは、一樹にも伝わる筈だ。いや、伝えないと駄目だろう。

帰ったら着替えて、暖かい時間にゴロの散歩をする。それから夕食の準備だが、今夜はちゃんとした料理を一樹に食べさせたかった。

「貰った大根があったな……。手羽先と煮よう。それと何か魚」

冷蔵庫にあるストックを思い浮かべながら、浩之は歩く。

一樹においしいものを食べさせたい。清潔な衣服を着せ、いい香りのする寝具に寝かせたい。

奥さんとか嫁さんとか呼ばれる人達が、愛する夫にするようなことを浩之はしている。それが負担ではなく、喜びなのだからしようがない。

自分の時間は多少犠牲になるけれど、体のことで不安がなくなった分、集中すれば上手く時間を利用出来ることも学んだ。

歩いていると、背後から車の近づいてくる音が聞こえて、浩之は思わず振り向く。どうやら亜美の舞台が始まったようだ。ピンクの軽自動車だった。

「あら、今から、出勤？　乗っていけば」

減速して窓を開くと、気楽な調子で亜美が話し掛けてくる。

「いえ、すぐそこだから……」

「じゃ、先に行ってるね」

「……」

真っ青に晴れた空に、もくもくとわき上がる雷雲をイメージしてしまった。

けれど浩之には、まだ亜美を哀れむ余裕がある。どんなに雷鳴を轟かせ、大雨を降らせたとしても、一樹との関係が壊れる心配はしていなかった。

今夜のメニューを思い浮かべながら、ゆっくりと歩く。教習所で昼食になる場合、食堂のメニューは食べられないから、弁当持参だなと考える。弁当も当然、減塩メニューなので、今夜の調理でついでに何か用意するかと考えた。

軽自動車は、勝手に駐車スペースに駐められている。その横を浩之は黙って通り過ぎ、玄関の鍵を開こうとしたら、すぐに亜美が降りてきた。

「吸血鬼のルールって、知ってますか?」

「……何、それ?」

浩之と一緒に、当然、家に入れると思っている亜美に向かって、感情を抑えた声で伝える。

「招待されていないものは、中に入れないんです。あなたは、招待されてません」

「ペットシッターのくせに、何勘違いしてんの」

むくれた顔をしているが、その時浩之は、亜美がかなり美人であることに気がついた。けれどその美しさは危うげで、本当の健康的な美しさからは遠いものを感じる。

「僕はペットシッターじゃありません。この家の同居人です」

現実世界に戻ってくれと、浩之は願った。この美しさだったら、いくらでも自分に相応しい恋人を見つけられる筈だ。何も一樹でなくていいだろう。視線を別に向けるだけでいいのだ。

「相沢一樹と、もう一年以上、ここで同居しています」

そこで二人の関係を分かれと思っても、難しいものだろうか。男同士の同居が、即座に恋愛のパートナーに結びつくものでもないらしい。

「だから何なの。いやね、友達なのに……妬いてるの？　一樹を取られると思った？　だけどしようがないじゃない。わたし達、結婚するんだから、祝福してよね」

「……」

いきなりそこまで飛躍するのは、亜美の中のドラマが勝手に進行を速めているせいだろうか。

「ここルームシェアしてるの？　いいわよ、ずっと住んでいても。わたし達は、別にマンション買うから」

「どうして精神科に行かないんですか？　カウンセリングは受けたことあります？　真実と向き合うのが怖いんですか？」

耐えきれずに、つい浩之もきつい言い方をしてしまった。

「わざとおかしなことしてるんですか？　巻き込まれる人が、どれだけ迷惑するか分かります？　家族だけじゃなく、他人まで巻き込んでるんですよ。何で治療してくれたドクターに、そんな迷惑行為するんですか？」

「やだ、何勘違いしてるの……もしかしてあなた、一樹のことが好きなの？」

心は壊れているかもしれないが、亜美は決して愚かではない。浩之と一樹の関係を、すぐにいろいろと推測したようだ。

だが導き出した答えは、やはり現実とはずれていた。

「可哀そうねぇ、どんなにあなたが一樹を好きでも、無理でしょ？　彼の子供も産めないのよ。結婚も出来ないのに、まさか、嫁気分とか味わいたいわけ？　片思いで止めときなさい。それでもわたしには迷惑だけど」

相手を傷つける言葉も、十分口に出来る。完全に妄想世界に行ってしまっているのではなく、どこかに冷静さが感じられた。

「あなた、何してる人？　売れない作家とか、漫画家？　一樹に生活まで面倒見て貰ってるから、わたしがいると邪魔ってことかな？」

返す言葉が咄嗟に思いつかない。何を言っても、亜美は平然と切り返してくるだろう。どこか余裕すら感じられて、浩之としてはますます気に入らない。

家の中からはゴロの鳴き声が響いていた。浩之が帰ってきたのに、すぐにその姿が見えなくて苛立ってきたのだ。

玄関を開けて、素早く身を潜り込ませればいい。だが、それでは逃げているようで嫌だった。

「ねぇ、わたし、狙った男を外したことないのよ。一樹だって、普通の男でしょ？　すぐにわたしに夢中になると思うの。それに、わたしの家はお金持ちだから、一樹に病院を建ててあげられるのよ」

どう、凄いでしょといった顔をしているが、まるで小学生の自慢話のようだ。一瞬、呆気にとられたが、浩之は黙って亜美に言わせておいた。

「いい、邪魔しないで協力してくれたら、わたしが毎月、あなたにお小遣いあげるわ。ここに住んでいてもいいんだし、お金まで貰えるんだからいいでしょ？」

「案外、まともなんですね」

「何よ、その言い方」

「もっとおかしいのかと思ってた。妄想ばかりで現実を見てないのかと思ったら、そうじゃないんだ……」

浩之は裏切られたような気がした。妄想世界に暮らす亜美に対して、勝手に同情していたが、どうやらそれは勘違いだったらしい。

彼女はもっと狡猾《こうかつ》で、性悪なのかもしれない。そして亜美は、夢の中の一樹ではなく、現実の一樹を狙っているのだ。

「だったら、はっきり言います。この家の敷地内に入らないでください。いつまでも出て行かないようなら、不法侵入で警察を呼びます」

「バカじゃないの。あなた、頭大丈夫?」

「あなたよりましだと思いますけど」

ついに浩之は、鍵を開けて中に入った。するとゴロが、前足を上げて飛びついてくる。

「ただいま……待たせてごめんね」

ぎゅっとゴロを抱きしめ、頭を撫でてやった。

亜美に同情したことを後悔したくない。けれどこのままでは、確実に後悔することになりそうだった。

何のために、一樹の家の周りをうろついているのだろう。それがどうしても気になる。

「妄想を膨らましに来ているんじゃなかったら……毎日、通ってるって既成事実を作りたいだけなんだろうか」

ゴロが落ち着くまで撫でてやりながら、浩之は自分達のほうが不利なことに気がついた。

相手のことを何も知らない。一樹だって、入院した患者としてしか、亜美と接していないのだ。

けれど亜美は一樹の勤務先も、この家もすでに知っている。浩之が同居していること、そしてゴロがいること。

夜は何時に帰り、恐らくは何時に出掛けるかも知っているだろう。

家の周りをうろつくだけでは、残念だがすぐには罪に問えない。そういったことも、きっと彼女は分かっている筈だ。

周到に計算しての行動だったら、さすがに浩之も許せない。恋の妄想に取り憑かれてしているというより、地元の病院に勤務する医師を、籠絡させようと企む嫌らしい女の知恵に思えた。

「これまで一度も、他人と戦ったことなんてないんだ……。いつだって戦うのは、自分の病気だけだった」

ゴロを抱きしめながら、浩之は呟く。

「お母さんも守れなかった……。だけど……一樹は、何としても守りたい。僕は、何をすればいいんだろう」

愛を守るための戦いに準備は必要だろうか。なのに何を準備したらいいのか、浩之には全く分からない。一人で無理なら、誰かを頼るべきだろうか。一樹に負担をかけたくないから、他の誰かが必要だ。

そんな時、まず思いついたのは、この間訪れたカウンセラーの若林だった。

「そうか……あの人なら対処法を教えてくれるかもしれない」

教習所通いも始まったばかりだというのに、カウンセラーのところに通う時間を作るのは大変だが、これは先送りにしていい問題ではない。

「後で散歩に連れて行くから……もう少し待ってて」

今はストレスから逃げる方法を考えないといけない。まずはリラックスしようと、浩之は手を洗い、丁寧にうがいをした。

「大根は下茹でする。その間に、教習所のスケジュール確認をして……忙しいな。検査入院が終わっていてよかった」

亜美はまだ帰らない。いったいここにいることにどんな意味があるのか、謎のままだ。浩之はそこにいるのは影だとでも思うことにして、さっさと自分のするべきことを開始した。

その夜、珍しく客が来た。浩之もよく知っている外科医の高野と、話にはいつも出てくる研修医の高木だった。先に連れてくると連絡があったので、浩之は冷蔵庫の大掃除だと言いながらたくさんの料理を用意した。

いつも忙しい医師仲間が、こんなふうに集まるのは珍しい。一樹は何本ものイナダを持って帰り、早速それを刺身にし始めた。

「イナダの解剖、高野先生、やりますか?」

ふざけている一樹の後ろで、高野は高木と二人、録画用のビデオカメラを箱から取りだし、設置用の説明書を読んでいる。

どうやらこの作業のために、二人はやってきたようだ。

「浩之君、元気そうだな。検査入院の時の結果もよかったし、いい顔色してる」

あまり感情を露わにしない高野だが、今日は顔つきが優しかった。

「はい、元気です。思い切って手術して、正解でした。あの……何か手伝いますか?」

「ああ、いいよ。何か、こういうのって、楽しいじゃないか。それに相沢がよ、やたらと家の飯は旨いって言うから、どんなもんかなと思ってさ」

大根を大量に煮ておいてよかった。そんなものでもおいしいと言って食べてもらえたら、浩之としても嬉しい。

「相沢、あんまり幸せそうだから、狙われるんだ」

ビデオカメラを手にしながら、高野は呟く。すると刺身を作っていた一樹は、すぐに反論した。

「幸せな人間は、狙っていいってのはおかしいですよ。俺、そんなにでれっとした顔してます？　勤務中は結構、真面目な顔してるのにな」

「だったら、いい男なのがいけないんじゃないか？」

「ちっともいい男じゃないですが」

高野は慣れた様子で、ビデオカメラが作動するか確認している。

浩之はもう一樹が、少なくともこの二人には相談したのだと今更のように知った。

「今日も、昼間、来たんですか？」

高木に聞かれて、浩之は口ごもる。三十分ほど家の周りをうろついて亜美は帰ったが、その間家から出なかったことで、浩之は自分が臆病者になったような気がしていた。

「毎日来て、何もしないで帰っていくなんて、不気味ですよね」

「……ええ、相手が男性なら強くも出られるんですけど……女性は、どう扱っていいのか分かりません」

自分だって男らしい対応くらい出来るんだと、見栄を張っているような発言をしてしまった。どういうわけか浩之は、亜美よりも高木のほうがもやもやした気持ちにさせられてしまう。

いつも一樹と同じ病院で働いていて、何かと目を掛けられている高木に対して、嫉妬しているのだろうかと浩之は気がつく。

「相沢先生、これはあくまでも仮説ですが、もしかして彼女、ブログとかやってるんじゃないかな」

「ブログ？　それが何？」

高木はすぐに浩之から視線を外し、一樹に話し掛けていた。その瞬間、高木もまた浩之に対してもやもやした感情を抱いているような気がしてしまった。

「ブログに掲載する写真、撮りに来てるんじゃないですか？　バーチャル恋愛なのに、読んでくれる人には本当らしく見せるためってのは、どうでしょう」

「そういう感性って、俺、よく分からないからな。何しろ、リアリストだから」

一樹は大皿に盛った刺身のツマに、キュウリと大根を細く切りながら答えている。浩之は皿や箸の用意をしながら、それとなく一樹と高木の雰囲気を探っていた。

肉体的な浮気を心配しているのじゃない。一樹が浩之を一番大切にしてくれていると分かっていても、時折、一樹の関心を独り占めしてしまう人間のいることが辛かった。

「よし、外に取り付けるぞ。高木、手伝え」

「うっす」

二人は室内からウッドデッキに出て、早速カメラを柱に固定している。

「すまない、いきなり連れてきて驚いただろ。なのに料理してくれてありがとう」

心底申し訳なさそうに、一樹は言ってきた。

「謝ることないよ。たまにお客さんもいいものだね。冷蔵庫、中が綺麗になった」

「話したら心配してくれたんだ」

「友達って、ありがたいね」

「ああ……本当は、浩之のこと自慢したい気持ちもあったんだ。料理とか、掃除とか、きちんとやってくれているのは、俺が愛されてる証拠だからさ」

一樹は照れたように言うと、テーブルの上に刺身の皿を運びだす。浩之もすぐに用意した料理や取り皿を運び始めた。

「おおっ、旨そうだ。相沢が言うだけあるな」

高野は室内を覗いて、歓声を上げる。けれど高木は、一瞬、つまらなそうな顔をした。

敵はピンクの軽自動車でやってくる、意味不明の女だけではない。

白衣を着て、一樹の後ろをいつも歩いている高木もまた、一樹にとって大切な存在になりたいと思っている。

何もセックスするだけが、愛情のすべてということはないのだ。それは手術の後は、半年間ほとんどセックスもしなかったのに、より愛情を深めることに成功した浩之だから分かることだった。

高木はきっと混乱しているのだ。先輩として尊敬する気持ちがあったにしても、男同士はどうしても濃密になる。たとえ結婚しても、男友達や後輩との約束を優先するのが、男というものらしい。浩之は嫁の立場として、高木に意識されているのだと思いたい。

「今夜はアルコール入りのビール飲むぞ」

カメラの取り付けが終わった二人を室内に呼び戻しながら、一樹は明るく宣言する。

「時間があればなぁ。彼女のブログ、探すんだけどな」

どうしても高木は、自分が思いついたことにしたいらしい。浩之は確認していないが、この家の写真を撮っている可能性もあるのだと思いついた。

「勝手に写真とか撮られたら、通報出来るんですか？」

「家を撮られたくらいじゃ、どうすることも出来ないよ」

高木に代わって、高野が答える。四人はテーブルに付き、そこで食事が始まった。

「ただし、この家が相沢の家だと名指ししたら、それはちょっと問題だけどな」

一樹はウッドデッキに置きっぱなしだった箱からビールを取りだし、部屋に運んでくる。

「築三十年のボロ家なのにな、注目されたくないんだが」

「だけど住み良さそうですね」

羨ましそうに高木は呟いた。

「相沢先生、幸せなんですね。だったら、もっと彼女に、それ分からせないと駄目なんじゃないかな。もしかしたら付き合えるとか、可能性に賭けてるのかもしれないから」

「そうだな……だけど、そうすると攻撃の矛先が、浩之に向くんじゃないかなと思ってさ」

豚のバラ肉は、ほうれん草と大根おろしのみぞれ鍋にした。土鍋で滾《たぎ》りだした大根おろしの中に、バラ肉を潜らせる浩之の手は止まる。

「逆上されても困るし……あんまりしつこいようなら、相手の両親に相談してみるよ」

「無理、無理です。あの母親、絶対に話を聞かないから」

「だったら父親がいるだろ?」

一樹がポン酢の入った小鉢を皆に配り出すと、高木はじっと浩之の手元を見つめた。

「自分は減塩食なのに、こうやってちゃんと料理出来るんですね」

浩之はそこで曖昧に微笑む。

「味見とかしないんですか？」

「あんまりしないんで、時々、大外しします」

それでも一樹は、文句を言わずに食べてくれるのだ。

楽しい夕食になった。飲むほどに二人の客から遠慮はなくなり、普段は滅多に冗談など言わない高野が、アニメネタのギャグを口にし始める。すると高木が悪のりし、台詞で応じて盛り上がった。

こういった話題ならついていける。浩之もいつしか、体を揺らして笑っていた。

そして高木に対して、嫉妬めいた感情を抱いたことを反省した。

一樹には一樹の世界がある。そこにいる友人や知人とも、一樹は上手く付き合っていけるのだ。その足を決して引っ張ってはいけない。

必要な時は、いつでも側にいる。けれど自分のために、一樹を束縛してはいけないのだ。

愛するとは、相手を思いやること。

捻れた自分の欲望のために追い回すことは、その対極にある行為だった。

「そういえば、今夜は来ないんですね」

高木の一言で、全員が押し黙って聞き耳を立てる。けれど車のエンジン音は聞こえない。近くに来ていたとしても、この騒がしさでは気がつかないままだっただろう。

「カメラ、セットしたのに、オフにしたままだ」

高野がのんびりした口調で言うと、皆が笑った。緊張感がすっかりなくなり、浩之は久しぶりにゆったりした気持ちを取り戻す。

恐れるものは何もなく、心から笑っている自分がいた。

ずっと憧れていた、本物の自分の生活が手に入ったのだ。かつては偽物の舞台セットで、幸せな若者を演じていたが、その時に考えていたよりも、今のほうがずっと浩之は幸せだった。

思わず一樹の腕を握ってしまう。二人がいることを思い出して、慌てて手を引っ込めたが、今度は一樹に肩を抱かれてしまった。

すごく自然な動きだったので、注目されることもない。そのまま楽しく酒盛りは続いた。

浩之を守るために、防犯用のカメラをセットした。これで一樹は離れている間もほっとしていられる。

亜美の急襲に備えているだけではない。浩之の身に何かあった時、確認するのにも役に立つと思っていた。

「昨日はごちそうさまでした。泊めてもらったうえに、ゆっくり風呂にも入れたし、何か、すごくのんびりしたっていうか、実家に帰ったみたいでした」

仕事を終え帰ろうとしていたら、医局で高木に会っていきなり礼を言われた。そこで一樹は穏やかに微笑む。

「遠慮なく、また遊びに来いよ。浩之、友達少ないからさ。アニメの話でも、何でも、面白そうな話をしてやってよ」

「羨ましいです……」

高木は肩を落とし、一樹を見ないようにして呟く。

「俺が羨ましい？」

「いえ、どっちも……。二人して支え合っていて、何か……いいなって。僕は、人に上手く甘えることが出来ない性格なんで、ああやって誰かと一緒に上手く暮らすってのが、夢みたいな話ですから」

「いつか高木にもそういう相手が現れるさ。俺も、まさかそういう相手が、あの浩之だとは思わなかった」

「心配……ですね。楽観出来ない病気だから」

以前だったら、そんな言葉を掛けられただけで、気分が落ち込んだりしていた。けれど今は笑顔で答えられる。

「そうだな。だけど人間ってさ。長く生きるだけが必ずしも幸せだとは言えないだろ。浩之が与えられた時間の中で、どれだけ幸せに生きられるかなんだと思うんだよ。それは誰にでも言えることだと思うけど」

いつかは失う。それも浩之が先に逝くとばかり考えがちだが、一樹が先に逝くことだって有り得るのだ。

「そうですよね。少しでもいい時間を生きられるように、僕達は努力しているんですよね。なのに、命を粗末にしている人を見てると、むかつきます」

「思い詰めるのは、疲れているせいもあるよ。たまには上手く息抜きしたほうがいい。サーフィン、やりたけりゃいつでも教える。サイクリングとかもいいよな。体使って、頭空っぽにするのはお奨めだ」

高木の肩を叩き、一樹はそのまま職員用の通用口から外に出た。

浩之に気を遣いすぎては駄目だ。昨夜のように、人を招いて楽しく過ごすのもいいことに思える。夏になれば、今年はサーフィン仲間も招待しようと思った。

図々しいやつになると、夏の間定宿のように一樹の家に居座るやつもいる。けれど去年は、浩之のためにそういったゲストはすべて断っていた。

今年からは、また再開しようと思う。ウッドデッキにバーベキューが出来るようなコーナーを設けて、楽しく過ごすというのはどうだろう。

浩之はきっとゲストを、心優しく出迎える筈だ。

二人きりの生活も楽しいけれど、浩之にはもっといろいろな経験をして欲しい。違った世界で生きる人達の話を聞くだけでも、楽しみになるだろう。

病気のせいにして、特別な生き方をさせてはいけない。無理をさせず、けれど楽しい日常を過ごさせてあげたかった。

家に帰れば会えるのに、帰宅する直前のこの時間、一番浩之のことを考えているような気がする。仕事中は患者のことを考えるので精一杯だが、医師からただの男に戻る時に、心は自然ともっとも愛しい者に向かうのだろう。

駐車場に出ると、愛車を探す。だがその視線は、思ってもいなかったものを見つけてしまった。

どうやらまだ懲りないらしい。亜美が一樹の車の側で、嬉しそうに手を振っている。ところが今日はその傍らに、背の高い五十代くらいと思われる男が寄り添っていた。

「お疲れーっ、ねぇ、どっちの車で行く？」

いたって自然に、亜美は話し掛けてくる。

どっちの車ということは、亜美の車か一樹の車かということだろうが、ではいったい車に乗ってどこに行くというのだ。

一樹が怪訝そうな顔をして押し黙っていると、亜美は嬉しそうに男を紹介してきた。

「一樹、私のパパよ」

「……」

どうも初めましてとでも言うべきだろうか。けれどここで友好的な顔を見せたら、亜美の術中に簡単に嵌ってしまうだろう。

父親はノーネクタイで、洒落たジャケットを着ている。亜美が美人に生まれついたのは、両親ともに恵まれた容姿をしているからだというのが、これでよく分かった。

「一緒に食事に行くって、約束したじゃない。忘れたの？」

携帯にそんなメッセージが入っていただろうか。仕事中は携帯の電源を切っていたし、電源を入れても知らない番号はチェックしない。

「お父さんでいらっしゃいますか？」

一樹は事務的な口調で訊ねた。

「ああ、どうも。いつもは中国に出向してるんだが、たまたま帰国してね。いきなり呼び出されたんだよ」

フレンドリーな雰囲気を出すつもりだろうか。口調や態度は横柄にも取れる。

「よろしければ、二人きりで話したいのですが」

「何で？　亜美に聞かれては困るのか？」

「困ります。混乱すると思うので」

「それじゃ亜美、車で待っていなさい」

だが亜美は、父親の言うことも素直には聞かなかった。

どういった精神構造をしているかは謎だが、父親と二人きりにしてはまずいと分かっているのだろう。

「食事しながら話せばいいじゃない」

あまりにも自然に話すから、嘘を吐いているように見えない。一樹はそこで大きくため息を吐くと、父親に向かっていきなり切り出した。

「食事の約束など、彼女とはしていません。俺はこの病院の内科医ですが、彼女が大量に風邪薬を飲んで運び込まれてきた時に、胃洗浄の処置をしたのと、その後、二度ほど診察しただけです」

父親は事態がよく呑み込めていないらしい。それでもきつい口調で、亜美に車に戻るように命じていた。すると亜美は覚悟を決めたのか、職員用ではない駐車場に向かって歩き出す。

「どういうことだ。娘と付き合ってるんだろ？」

やっとおかしいと父親は思い始めたようだ。

「いいえ……どういった事情があるのか分かりませんが、勝手に脳内で付き合ってることにされているみたいですね。事実無根だと証言してくれる人間ならいますから、ここに呼びましょうか？」

「胃洗浄って何だ。胃炎で入院していたのじゃないのか？」

「ご家族だったら、カルテをお見せしますよ。ともかくその後、自宅にまで押しかけられて、大変迷惑しております」

そこで父親はむっとして、とんでもないことを言い出した。

「おい、うちの娘がおかしいって言うのか？　まさか、やることだけやって、逃げるつもりじゃないだろうな」

どういった仕事をしているのか知らないが、ヤクザのように凄んで見せたいらしい。けれど迫力はあまりなくて、一樹はむしろ哀れみを覚えてしまった。

「何もしていません」

「嘘を吐くな。おまえの家での写真、見せてもらってるぞ」

「そんなに疑うのなら、一緒に警察に同行してください。俺の留守中にやってきて、同居人に話し掛けていたようですが、家に入れたことは一度もないですよ」

「同居人ってことは、結婚してるのかね？」

結婚しているのも同じだ。

家には最高のパートナーがいる。

一樹の愛犬を大切に世話してくれ、おいしい料理を作りながら、毎日帰りを待っていてくれる。そして二人で食事をしながら、その日にあったことを語ったり、ニュースを見て意見を述べ合ったりするのだ。

普通の夫婦と、どこが違うというのだろう。セックスが少し違うかもしれない。けれどそれだって、男女でもフェラチオやアナルセックスはするのだから、そんなに大きくぶれているとは思わない。

「結婚しているくせに、娘に手を出したのか？」

「そういった事実はありません。俺のパートナーは……男性ですから」

「何で、男が好きなのに、娘にまで手を出すんだ？」

「ですから、何もしていないんです」

あくまでも父親は、娘の非を認めるつもりはないらしい。こういったところは、母親ともよく似ているなと思った。

「一度、精神科での診察を受けられたほうがいいと思います」

「……」

少し離れたところで立ち止まっている亜美を、父親は見つめる。今なら冷静になって受け入れてくれるかと、一樹はさらに続けた。

「この病院でも、薬を飲み過ぎて三回胃洗浄を行っています。手首をご覧になりましたか？　リストカットの跡が幾つもありますよ。どういったご家庭の事情があるのか分かりませんが、まずは事実を認めて、精神科を受診するべきです」

「……よく、分からないんだが、それは自殺未遂ってことか？」

父親は何も知らない。知らされていないのだろう。

亜美の母親は、真実を覆い隠すという手法で、やはり亜美を守っているのだろうか。

「そうです。幸い未遂で終わっていますが、成功してしまったらおしまいですよ」

話ながらも一樹の脳裏には、生前に会うこともなかった浩之の母の姿が浮かんだ。

死から必死に守った母親と、死に追い立てる母親。浩之の母親に対して、もっと早く病院に行かせなかったことを恨んだが、少なくとも深い愛情を持っていたことだけは評価してあげたいと思った。

「きっと奥さんは、あなたに心配かけたくなくて黙っているのだと思いますが、家族だけでなく、他人まで巻き込んでしまうのは問題だと思います」

「付き合っているのかと思ったが、違うんだな？」

まだ疑いは消えないのか、怪訝な目で一樹を見ている。すると亜美がいきなり駆け寄ってきて、父親の腕に抱き付いた。

「あーあ、一樹、変なこと言ったでしょ。ママがパパに叩かれたら、みんな一樹のせいだからね」

「叩くんですか？」

思わず訊いてしまった。すると父親の顔が険悪になる。

「あんたには関係のない話だ」

「ママは嘘つきなの。だからパパに怒られるのよ。ね、お腹空いた。早く行きましょ」

無邪気な亜美の様子からは、とても嘘を吐いているようには見えない。だが賢明なことに父親は、亜美よりも一樹の言葉を信じた。

「食事は中止だ。すぐに帰るぞ」

乱暴に亜美の腕を掴み、父親は自分の車に向かって歩き出す。

「ねぇ、待って。一樹は？」

父親は答えない。亜美は何度か一樹のほうを振り返ったが、その顔は楽しそうに笑っていた。

亜美のすべての行動が謎だ。やはり一樹には分からないことばかりだ。自分は亜美のドラマに、利用されているだけだというのは分かっているが、どうしても納得出来ない。出たくて出たドラマじゃないのだ。出来ることならあの父親がまともで、二度と一樹に迷惑を掛けないように、配慮してくれることを願うばかりだった。

最初はひんやりとしていたベッドの中も、じっとしているだけで暖まってくる。あまりにも程よく暖まってきてしまったから、一樹は浩之を待てず眠ってしまいそうだった。

浩之の入浴は最近長い。体に負担になるから、長湯はいけないと言っても、それ以外のことで時間を使っているようなので、厳しいことは言えなくなった。

一樹に愛されるために、体を綺麗にしているのだ。

眠らずに待っていたいのに、ついうとうとしてしまう。すると波打ち際に倒れている浩之を、助けに走る場面が浮かんできた。

『ねぇ、もしここで僕を助けなかったら、彼女を助けた？』

いきなり浩之は水中から立ち上がり、一樹に質問してくる。

『いや、助けなかった』

『どうして？　彼女、綺麗だし、一樹と結婚して子供も産めるよ』

『そういう問題じゃないだろ。もう、いい加減にそのことで悩むのはやめろ』

いつの間にか空は舞台の暗幕になっていて、作り物の月が揺れていた。

『僕らの関係は偽物？』

「違う、本物だって、何度言わせるんだ」

自分の声で、一樹ははっと目覚めた。傍らには、石鹸のいい香りをさせている浩之の体がある。一樹は思わず抱き寄せて、唇を項に押し当てた。

「いい匂いだ……」

「寝言にしては、リアルだった。思わず、何って訊きそうになっちゃった」

「ほんの短い間なのに、夢って見るんだな……」

「どんな夢？」

浩之が不安がっている夢だ。けれど本当に不安なのは浩之じゃない。一樹の中にまだ残っている不安が、浩之の姿を借りて出てくるのだ。

愛していると言うのは簡単だ。けれど言い続けるのは難しい。

個人病院を経営する父は、いつか一樹が結婚して、病院を継いでくれるのを楽しみにしているだろう。だからこそ小児科医の純子と付き合ったのだ。打算的かもしれないが、いずれは純子と病院経営をしていけると思っていた。

だが、あの病院がなくなっても構わないと、今なら思えてしまう。街中だから、他にも病院はいくつもあったから、患者が困るということはないのだ。

継ぎたいと思えば、いつでも継ぐことが出来る。浩之は決して嫌だとは言わないだろう。だがもう少し、この海辺の町で穏やかに暮らしたかった。

孫を膝に乗せて、穏やかな老後を夢見ていたとしたら、両親には気の毒だが諦めて貰うしかない。

もう十分に幸せに暮らしてきただろう。蓄えもあるのだし、孫の代わりに犬猫でも抱いて暮らしてくれればいい。

幸せに生きてきた両親を、さらに幸せにするよりも、一樹にとって大切なのは浩之の幸せなのだ。浩之には一樹しかいないのだから、生涯共に暮らすと決めた。その決意を、両親にいずれ告げないといけないだろうが、今はまだ何も話してはいなかった。

「俺の両親は、正月にはいつもハワイに逃げるんだ」

突然、自分の両親の話を始めたのに、浩之は黙って聞いている。

「忙しいからあまり会ってない。浩之が手術して入院してた頃、一度帰っただけだ」

「……」

何も言わないけれど、浩之にはもう一樹が言おうとしていることは伝わっただろう。

「俺は医者になれって、強制された訳じゃないんだ。なのに父の背中を見ているうちに、自然と医者になった」

そういえば一樹がまだ幼い頃、父は一樹を抱く前に白衣を脱ぎ、丁寧に手を洗ってアルコールで消毒していた。あれは今の一樹が、浩之のためにしている儀式と同じだ。

「ただの町医者だけど、父は俺の誇りだ。心の広い人だから、きっと浩之のことも認めてくれる。俺、もっと早く浩之を会わせるべきだったなって、反省してるよ」

ペーパームーン、舞台に掛かる偽物の月。

わざわざ偽物の恋人を作り上げ、舞台の上で愛されている自分を演じる女。

彼女はたった二人の観客、父親と母親のためにだけ、あんな虚ろな芝居を演じているのだ。その悲しさを見ているうちに、一樹も気がついた。

偽物じゃない、本物の愛情を育てているのに、どうしてそれを両親に知らせなかったのだろう。

浩之が女性だったら、真っ先に紹介した筈だ。純子のことは話したのに、浩之のことは話していない。浩之は祝福されるべきだ。そして一樹の家族として扱われるべきなのだ。なのに何の努力もしなかった後ろめたさが、あんな夢を見させる。

「浩之、愛してるよ……。浩之は、俺が誇れるパートナーだ」

じっと浩之の目を見つめて、一樹は心の底から訴えた。

「何か忘れているような気がしてた。それだったんだな」

「無理しなくていいよ」

「無理なんてしてないさ。俺が幸せなことが、二人の幸せでもあるんだから」

さあ、この幸せな気分のまま、浩之を抱き寄せてキスをしよう。抱かれるために、丁寧に体を清めてくる心意気に、応えないということはない。

「おいしそうだ……」

まず唇にキスをする。いつも使っている、マウスウォッシュの味がした。続けて項から肩、胸へと唇を移動していった。

小さな乳首を吸い、舌先で転がす。そうするうちに、浩之の体は熱くなり、ふっと漏れるため息も増していった。

愛しさがこみ上げてくる。それと同時に性器は興奮し、一樹の中の牡が目覚めた。

乱暴に犯したい気持ちを抑えて、浩之のものを口に含む。そして舌先で丹念に愛撫した。

「あっ……」

浩之の体が、波間で揺れているかのように動く。そして浩之の性器の先端から、海水の苦さを思わせる蜜が染み出てきた。

「んっ……んん……ありがとう、一樹」

何に対するありがとうなのだろう。この肉体奉仕に対してなのか、それとも一樹の家に招待すると言ったことに対してなのか。

「僕は……幸せだ」

それならいい。何の不安も感じず、ひたすら一生懸命生きていけばいい。そんな浩之の姿が見られれば、それだけで一樹もまた幸せだった。

「あっ……あんまり、保たないんだ……も、もう」

「いいよ、いきたければいっちまえ」

興奮を長引かせないのは、浩之が自分の体を守ろうとする知恵だ。それでもいい。たとえ短くても、浩之がこの時間を楽しんでくれていればいいのだ。

「あっ、ああ……」

激しく打ち寄せて、波は一瞬で砕ける。一樹は口中に残った快楽の飛沫を飲み込み、丁寧に後始末をしてやった。

ついでに裏まで舌を這わせる。母犬のように優しく丁寧に、愛を込めて行為を続けた。

そして十分に湿らせたその部分に、興奮して熱くなった性器を埋め込んでいく。

性器からもたらされる快感が、一樹を蕩けさせる。何度でもこうして愛し合いたい。思いは溢れ、動きは自然と滑らかになっていく。

浩之は下から一樹を見上げている。少し苦しそうにも見えるその表情は、それまであまり知らなかった喜びの結果なのだろう。

そう思うと、一樹の表情も自然と優しさを増した。

「愛してるよ……なぁ、愛してるんだ……」

海からの贈り物がここにいる。一樹に愛されるために贈られた命だ。思う存分愛することで、一樹も生きている幸福を味わった。

「ああ……愛してるんだ……」

生きることは素晴らしい、そう気付かせてくれた浩之の中に、一樹は思いを込めて命の滴を注ぎ込む。

新しい命を生み出すことはないけれど、愛を育むという役目は全うしていた。

生きて、死んで、生きて、死んで、太古から繰り返される命の営みの中、自身が身を置ける時間なんてほんの僅かだ。

けれど今は、その僅かな生の時間が愛しいばかりだった。

一樹はすぐに眠りにつく。浩之はその寝息を聴きながら、しばらくぼんやりとしているのが好きだった。

突然、実家に連れて行くなどと言い出した。もちろん嬉しいけれど、不安でもある。こんなに優しい一樹を育ててくれた両親だ。心の穏やかな人達だとは思うけれど、やはり自分が男であることと、心臓に病を抱えていることが気になった。

一樹が誇れるようなパートナーでいたい。それは家事が出来るとか、経済的に自立出来るような仕事があるとかだけではない。もっと大きな人間力のようなもので、誇れる人間になりたかった。

これは癖なのだろうか、気がつくと一樹のパジャマを握っている。そういえば最初に意識を取り戻した時も、一樹の白衣を握っていた。

柔らかなコットンの感触が、手の中にある。その手を開いて、一樹の体を撫でてみた。

「んっ？　触りたいなら、中に、手、突っ込んでもいいぞ」

寝ぼけた声で言いながら、一樹は浩之の手をパジャマの中に導く。

「起こしちゃったね」

「んんっ……触っててくれ」

なめらかな一樹の肌に手を添え、そっと撫で続けた。盛り上がった胸の下には、規則正しく拍動を打つ心臓がある。耳を寄せていると、一樹はうつらうつらしながらもおかしそうに笑った。

平和な夜だったのに、その時、浩之は車が近づいてくる音を耳にした。続けてゴロが激しく吠え出す。

嫌な予感がしたが、時間が時間だ。じきに時計は、十一時が過ぎたと告げるだろう。なのに車は思ったとおり、一樹の家の前で停車した。そして誰かが激しく、玄関のドアを叩き始めた。

「ここまでくると、異常だな」

一樹はため息を吐きつつ起き上がり、部屋着のカーデガンを羽織って玄関に向かう。浩之も思わずパーカーを羽織り、その後に従ってしまった。

「浩之、寒いからベッドに戻ってろ」

最悪のパターンは亜美の来襲だが、それ以外に何かあった可能性もある。近所で急に倒れた人がいれば、皆、一樹が医師だと知っているから頼ってくることもあった。けれど今夜は最悪のパターンだったらしい。外では亜美が喚いていた。

「一樹、助けてっ。パパが、ママを殴ってるの。このままじゃ、ママが死んじゃう」

簡単に一樹はドアを開けない。冷酷とも思えるだろうが、毅然とした態度で言い切った。

「警察を呼びなさい。俺には何もしてあげられない」

「だって、一樹のせいなんだよっ。あんなおかしなこと言うから、パパが信じちゃったじゃないの」

「おかしいのはそっちだろ。いいよ、それじゃ……」

一樹はそのまま玄関の前から去り、奥で警察に電話を掛け始めた。きっと電話を掛けながら、モニターで亜美の様子を窺っている筈だ。

「一樹？　一樹、そこにいるの？」

いないと言えばいいのだろうか、浩之は答えようがなく、ギャンギャン吠えるゴロを抑えるのが精一杯だった。

「一樹、助けてよっ」

求められているのは一樹だと知っていたが、浩之は思わず扉を開いてしまった。逃げるのはもう嫌だった。扉を閉めたままでも、亜美はこうして二人の生活に入り込もうとしてくる。

どこかでその思いを断ち切らなければいけない。

接し方が悪ければ、それを理由にまた自傷に走るのだろうか。だがそれを恐れるあまり、言いたいことも言えないのはおかしい。

ここは亜美の舞台ではない。

浩之と一樹の舞台だ。そしてこのドラマの出演者に、亜美の名前はどこにもないのだ。

「あっ……」

出てきたのが浩之で、亜美は驚いた様子だった。

「何だ……本当にゲイなんだぁ」

パジャマの上にセーターを着込んだ浩之の様子を見て、亜美は乾いた笑いを浮かべる。

「あーあ、失敗したかなぁ。ノリ、悪いわけだわ。女に興味なしかぁ」

荒んだ言い方に、浩之は思わず訊いてしまう。

「本当の目的は何なんですか？」

「……」

亜美は答えようかどうか、悩んでいる様子だ。だから浩之は、わざと執拗に訊いてみた。

「頭のおかしいふりをしてるだけですよね？　みんな、分かってやってるんでしょ」

「まあね」

そこで亜美は、ぱっと顔を輝かせた。

「分かる？　分かっちゃったんだ」

ついにはけらけらと笑い出す。浩之は頷き、さらに話し掛けた。

「お母さんに対する復讐ですか?」

「うん、そうなの。あのババア、私が赤ん坊の頃、何度も私を殺そうとしたのよ」

「そんな頃のこと、覚えてるんだ?」

「覚えてないの?」

後から作られた、偽物の記憶なのかもしれない。けれど亜美が信じた時点で、それは真実になってしまうのだ。

「相沢先生って、真面目でさ、優しいじゃない。いいように転がせるかと思ったら、揺るがないんだなぁ」

おかしな感心の仕方をされて、浩之の顔は強ばった。

「……何のことですか?」

「もう一人の、研修医のほうにすればよかったかな」

「あっちだったら、もっと真剣に私のこと心配してくれたかな。相沢先生のほうがかっこよかったから、ご指名しちゃったけど、外したよね」

私はゲームをしているのとでも言いたいのだろうか。自分の体を痛めつけ、関係のない他人を巻き込んで綴られる、母親との確執ゲーム、そんなものを誇らしげに語っている亜美は、やはり病んでいる。

「カウンセリング、受けたらどうですか？」

「それで、どうするの？　ああいう人達の言うことって決まってるじゃない。私は病気だけれど、病気じゃないふりだって簡単に出来る。普通の人間にしたがる人と話しても、あんまり楽しくないいな」

浩之が話し相手になってくれたことで救われたのか、亜美はもうママを助けてと喚かない。もし本当に父親が暴力をふるっていたとしたら、大変なことになる。浩之は思わず心配してしまった。

「お母さん、本当に殴られてるんですか？」

「いつものことよ。ママを見てると殴りたくなるんだって。だからパパは、帰って来ないの。離婚しろってみんなは言うけど、別れないのがババアなりの復讐かな」

「それであなたは平気なんですか？」

「別に。ババアが死んでも、私は困らないし。うち、お金持ちなのよ。私、働かなくてもいいんだもの、ババアなんていなくても平気だし」

その時、浩之の手は自然に宙を舞い、亜美の頬を叩いていた。

「何すんのよっ！」

「僕の母が生きていたら、きっと同じようにしたと思う。命や死を……そんな簡単に、口にするものじゃない」

金のために母を殺した男達、浩之は彼らに対する憎しみを、いつも忘れようとして生きていた。辛いことを考えると、自分の心臓が苦しくなるからだ。

けれど今、心臓がきりきり痛んでもいいから、怒りを抑えることが出来なかった。

「浩之、何してるんだ」

そこで慌てて一樹が飛び込んできてくれなかったら、もっと亜美を殴っていたかもしれなかった。

「母親が死んでも困らないなんて、言ってはいけない。いけないいんだ」

どうにか怒りの感情を抑えて、浩之は振り絞るように呟く。

「そんなに嫌なら、家から出ればいいじゃないかっ」

「そんなのとうにしてるわよ。いつだって簡単に男が見つかるのに、今回は相沢先生狙ったから、失敗しちゃっただけでしょ。ここ、海が近くて、住むのにいいと思ったのにな。あんたが邪魔したんじゃない」

男の元に身を寄せても、それは健全な愛情関係まで育たないのだろう。だから亜美は、何度も家に戻る。

いや、最初から男の元に身を寄せたからといって、結婚するまでは考えていないのだ。

拒絶しながらも、亜美の執着は母親にあるのだから。

「あーあ、失敗しちゃったよぅ。何か、寒い。この辺、コンビニも自販機もないよね。どうせお茶とか出したりしないでしょ？　吸血鬼のルールだっけ？　あなた、面白いこと言うよね」

「心配しなくていいよ。今、警察官が来る。家まで行ってくれるそうだ」

一樹の言葉に、亜美は体を揺すって笑い出した。

「こういう生真面目なところが、相沢先生のおかしいとこだよね。もし嘘だったら、どうするつもり？」

「警察呼ぶのは、ストーカーに対する、正しい処置だろ？」

「私、ストーカー扱い？　あっ、もしかしてカメラとかあるの？」

亜美は落ち着きを失い、慌てて周囲を見回す。そしてついにウッドデッキの柱に括り付けられた、新品のカメラを発見してしまった。

「やるよねぇ、今の誘導尋問だったんだ。ヤバッ、マジで話しちゃった」

「誘導尋問なんて、するつもりじゃなかったんだ。ただ話を聞きたかっただけだよ……」

浩之の言葉も、言い訳にしか聞こえなかったかもしれない。

その時、遠くからちかちかと赤色のライトを光らせて、パトカーが近づいてきた。サイレンまで鳴らさないのは、警察官の思いやりだろう。

「本当に警察、呼んだんだ?」

亜美の顔は、そこでまた霞がかかったようにぼんやりとし始める。パトカーから警察官が降りてくると、いきなり亜美は激しく泣きだした。

二人の制服警察官のうち、若い方の警察官に向かって、亜美はお家の事情というやつをすぐに話し始めた。

もう一樹のことなど見向きもしない。どうやら亜美は、一樹に執着しても無駄だと思って、ターゲットを変えたようだ。

年長の警察官と一樹は、以前から顔見知りだったらしい。傷害事件などがあって、病院に運ばれてくる被害者もいるからだろう。親しげな雰囲気で、呼び出した事情を説明している。

「何? お父さんが、お母さんのこと殴ってるの? んじゃ、一緒に、家に行ってあげるから」

年長の警察官が優しく話し掛けると、亜美は若い警察官の胸に縋り付いて泣きじゃくる。その様子を見ていた浩之は、これは凄いテクニックだと感心してしまった。

一瞬で若い警察官は亜美に同情し、心を惹かれてしまったようだ。

亜美の車が先導する形で、パトカーと共に亜美は去っていく。浩之は遠ざかる二台の車を見送りながら、急に寒さを強く感じた。

「大丈夫か？　出てこなくてよかったのに」

一樹は急いで玄関のドアを閉め、リビングに置かれたファンヒーターのスイッチを押す。

「牛乳でも温めようか？　寒かっただろ」

「うん……」

「ほっとけばよかったのに、俺もお人好しだな」

キッチンに入ると、一樹は二つのマグカップに牛乳を注いで温め始める。

「凄い勢いで押し寄せてきて、自分のドラマを語るんだもの。何か、迫力に負けちゃった」

浩之の感想に、一樹は顔を歪めて苦笑した。

「変だよね……彼女見てると、自分に似ているような気がするんだ」

ファンヒーターの前にクッションを置いて、座り込んだ浩之は呟く。

「どこが似てるんだ？」

「彼女……お母さんのこと、凄く愛してるんだよ。僕も……失って初めて分かったけど、お母さんを愛してたんだ」

他には誰もいらないのよ、二人だけの世界で生きましょう。

そう言って、浩之を家に閉じこめてしまった母を、何度憎んだことだろう。なのに浩之は家を出ずに、母の虜囚となって生きてきた。それは母の愛に準じたからだ。

「彼女が、本気で誰かを好きになれればいいのに」

「難しいだろうな。愛されなかった子供は、愛することも愛されることも下手だから」

マグカップを手にした一樹は、浩之と並んで座るとすっと目の前に差し出す。中には少し砂糖を入れた温かい牛乳が、なみなみと入っていた。

「いつか……自殺が成功してしまうかもしれないね。未遂のまま終わっても、体はぼろぼろだ。なのに誰も彼女を助けられない」

「嫌な思いをさせられたのに、どうしたんだ？　やけに優しいじゃないか」

「……僕はお母さんを殺したやつらを許せない。刑務所に収監されたって、やつらは生きているんだから」

浩之はゆっくりと牛乳を啜りながら、今更のように裁判の様子を思い出す。心臓の手術をした後だったが、それでも胸が激しく痛む裁判だった。

「もしあの話が本当で、母親が赤ん坊だった彼女を殺そうとしていたら、許せないって気持ちは分かるんだ」

「思いこみに決まってるさ。赤ん坊の頃の記憶なんてあるもんか」

一樹は浩之の肩を抱き引き寄せる。一樹に包まれて、浩之は牛乳が何倍も熱くなったように感じた。

「どんなに医療技術が進んでも、人間の心まで簡単に治せない。それが辛いところだな」

「……そうだね」

「医師が言うことじゃないけど、精神力で助かる病もある。その逆も……」

「僕は、もっと生きたいって毎日強く思ってるから、この頃調子がいいんだね」

亜美を叩いた瞬間、心臓が悲鳴を上げるかと思った。なのに何も起こらず、今も心臓は穏やかなままだ。

「何で、叩いたりしたんだろう」

飲み終えたマグカップを置くと、浩之は自分の膝を抱えて蹲る。

「お母さんが一瞬、乗り移ったのかと思った。だって……許せないからって、叩くなんておかしいよ」

「そうだな。だけど、叩かれても平気な顔してたから、心配すんなって」

一樹は必死で慰めてくれようとしていたが、浩之はあの時、本当に母の魂が乗り移ったんだと思えてきた。

どんなに歪んだ形でも、亜美の母親は娘を愛しているのだと、母が伝えたかったような気がする。

「お母さん、いたのかな。だったら会いたかった。幽霊でもいいんだ、会って謝りたい」

「どうしたんだよ、急に」

「だって……お母さんは、最後に、自分の命を掛けて僕を助けてくれたんだ。だから僕は、生きていて、幸せになってる……。僕は、お母さんを助けられなかったのに」

涙が涌いてきて、抱きしめた膝を濡らした。

母の死を聞いた瞬間、こんなふうに泣ければよかったのかもしれない。今頃になって、やっと浩之は心から泣けるようになったのだ。

「浩之が幸せで、一日でも長く生きられたら、それでお母さんは満足するさ。だから悔やむんじゃない」

ぎゅっと一樹に抱きしめられても、浩之の目から涙が止まることはない。

今だけは、母のために泣きたい。壮絶な確執があったにしても、母親といられる亜美を羨ましいと思った。

亜美の存在に怯えたこともあったけれど、今は感謝の気持ちすらある。

心から母のために泣けたのは、こんな騒ぎがあったせいだ。そして愛し、愛されるための勇気を得られたのも、この生活が壊されそうになったからだった。

「彼女、もう来ないだろうな。俺のことは諦めただろう。だけどあの警察官、ロックオンされたとしたら可哀相だな。先に、注意しておいたほうがいいか」

浩之の体を抱きしめながら、一樹は困惑した様子で言った。

「ああ、もしかしたらカノジョとかいるのかもしれないよな。だったら、とんでもないことになりそうだ」

「大丈夫だよ。本気でカノジョを愛していたら、何があっても揺るがない。一樹みたいに」

「そうだな……揺るがない。それだけは自信がある」

いつか亜美も、一樹のような男と出会えるといい。そうすればきっと、生きることの意味を見つけられるかもしれなかった。

一年以上放置されていたというのに、母が乗っていたドイツ車はピカピカの新車のようになっていた。ハンドルは右で、コンパクトなファミリーカーだが、有名メーカーの人気車だ。

様々なものを遺してくれた母だが、浩之にとってこの車がもっとも思い出深い。別荘に越してくる時に乗ってきたのがこれだし、その後も滅多にない外出の機会にも利用した。

車内に飾られたマスコットや交通安全のお守り、それにクッションやティッシュケースまで、すべて母が使用していた時のままだ。少し女性的だが、浩之はあえてそのままにしておくことにした。

「間宮秀明……本名なのに、違和感あるなぁ」

交付されたばかりの運転免許証を見ながら、浩之は顔をしかめる。

「いいんじゃないの。そのうち……あれだ、改名すればいい」

「そうか、出来るんだよね」

初心者マークを貼り付けた車に乗り込み、運転席に座る。当然のように一樹はサイドシートに座るが、背後のバックシートにはなぜかゴロまで同乗していた。

「ねぇ、事故ったら、ゴロまで怪我するよ」

浩之の心配をよそに、一樹はデジカメで写真を撮りまくっていた。

「事故らなきゃいいんだよ」

「緊張する」

「緊張してれば事故らない」

「だからっていきなり……交通量の多い街まで行かせるなんて」

今から、一樹の実家に行くことになっていた。ナビを新しく搭載したが、果たしてナビの指示など聞いている余裕があるだろうか。

「運転で緊張しておけば、俺の親に会ってもリラックス出来るさ」

「それって一樹の思いやり?」

思いやりなのだろう。そう信じて、浩之はゆっくりと車をスタートさせた。

季節はすっかり春になっていた。せっかく防犯用ビデオカメラまで用意したのに、あれから亜美は一度も訪れていない。もしかしたらあの若い警察官は独身カノジョ無しで、亜美に翻弄されるのを楽しめる男だったのかもしれない。

もし二年後に、また救急車で搬送されるようなことがなければ、亜美は生きる意味を見つけたのだ。

海際の道路を、窓を開いて走る。思ったより運転は快適で、いつか浩之の中から緊張感は消えていた。

「改名するなら、いっそ俺の家の養子になっちゃえよ」

「……運転してる時に、そういう複雑な話はしないでよ」

「別に財産目当てとか、そういうのじゃないくらい分かるだろ」

「うん……」

「男同士って、結婚は出来ないから」

遠くへ視線を向けながら、一樹は呟く。

これも一樹の思いやりが言わせているのだ。

家族のいない浩之が、この先入院したり、急な手術をする時に、本人の意識がなくても身内がいればスムーズに事務処理は出来る。

さらに急に亡くなった時にも、同じように心臓病で苦しむ人達を助けるために、一樹だったら遺産を使ってくれるだろう。

そういった現実的な問題を解決するためにも、いい提案だ。けれどやはりそれだけではない。

一樹は二人の関係が本物であることを浩之に分からせたいし、不安にさせたくないのだ。

「練習で何回か乗ったけど、こんなに長い距離走ったの初めてだ。教習所の車と、全然違うね。乗りやすい」

信号で停車した時、浩之は正直な感想を口にした。

「守護霊が憑いてるから、この車は事故らないさ」

「そうだね。途中、ゴロのためにトイレ休憩しなくちゃ。どこかいい場所、知ってる?」

「ああ、でっかい公園がある」

「相沢浩之か……いい名前だな」

さらりと浩之は口にしてみる。

信号は青になった。

走っていい、前に向かって進んでもいいのだ。

急ぐことはない。行き先は決まっていて、途中で立ち寄る所も分かっている。決められたスピードで、流れに乗って走っていけばいいだけだ。

浩之の人生も、全く同じだ。

黄色の信号になったら、ゆっくりと速度を落として停まる。赤なら動かない。そうやって約束を守って、少しずつ前に進んでいけばいい。

傍らには一樹がいて、ゴロもいる。

行くところもあれば、帰る場所もある。

これ以上望むことがあるとしたら、たった一つだけだ。

一日でも長く生きていられたらいい。最高に贅沢な望みかもしれないが、浩之にとってはそれだけが願いだった。

あとがき

この本を手にとっていただき、ありがとうございます。

前作の「ムーンライト」、もしまだ未読でしたら、ぜひそちらも読んでいただけたなら幸いです。

命とは、いったい何なのでしょう。いくら考えても答えは見つかりません。

死は生まれる前の居場所に戻ること。そんな気がします。だからこそ、命ある今は一生懸命生きることが、一番大切なように思えてしまいます。

ここ最近、いろいろと考えさせられることがありました。人間の無力さを、突きつけられたような気がして、ショックは大きかったです。

そして私は、まず反省しました。いろんなことを反省しましたが、一番はやはり一生懸命さが足りなかったかなということ。

浩之君は、毎日、一生懸命ですよね。私のキャラっていうのは、たいがいとてもタフで、弾丸の雨の中でも、平気で走り抜けそうなタイプが多いのですが、彼はとても繊細で、弱々しい肉体の持ち主です。

けれど心は意外にもタフでしたね。自分で生み出したキャラなのに、今回は浩之君に私自身が励まされました。どうか末永くお幸せに、そう言ってあげたいです。


イラストお願いいたしました、金ひかる様。いろいろとご迷惑お掛けいたしましたが、前作に続き、愛あるイラストをありがとうございました。

担当様、いつもすみません。空回りしているハムスター状態から、脱却したいです。

そして読者様、晴れた夜には月を見ませんか？　生きて、死んで、死んだ人の魂を吸い取って膨らみ、今度は生まれる命に魂を吐き出して与える。そんなことを思いつつ、書き始めた話ですが、優しい月の光には心を癒す力があるように思います。

それではまたガッシュ文庫で。

剛　しいら拝

も無事免許を取った事だし、ぜひ浩之の運転で2人と
ご色んな所に旅して欲しいです。山奥の温泉なんかが
んだけど、ゴロちゃんOKな温泉宿たくさんあるかなぁ。
こは今まで長く引きこもりだった分、
外に出かけて欲しいです。

かる 拝

KAIOHSHA ガッシュ文庫

ペーパームーン
（書き下ろし）

剛しいら先生・金ひかる先生へのご感想・ファンレターは
〒102-8405 東京都千代田区一番町29-6
（株）海王社 ガッシュ文庫編集部気付でお送り下さい。

ペーパームーン
2011年6月10日初版第一刷発行

著　者　剛しいら
発行人　角谷　治
発行所　株式会社 海王社
〒102-8405　東京都千代田区一番町29-6
TEL.03(3222)5119(編集部)
TEL.03(3222)3744(出版営業部)
www.kaiohsha.com
印　刷　図書印刷株式会社

ISBN978-4-7964-0151-7